魔鬼与上帝交战，战场就是人心。

——陀思妥耶夫斯基

敦煌变文 石窟里的老传说

罗宗涛 编著

江苏凤凰文艺出版社
JIANGSU PHOENIX LITERATURE AND
ART PUBLISHING

图书在版编目（CIP）数据

敦煌变文：石窟里的老传说 / 罗宗涛编著.
南京 ：江苏凤凰文艺出版社，2024. 6. -- ISBN 978-7
-5594-8777-3

Ⅰ. Ⅰ207.62-49

中国国家版本馆CIP数据核字第2024UG1261号

著作权合同登记号：10-2024-109

敦煌变文：石窟里的老传说

罗宗涛　编著

责任编辑	项雷达
图书策划	宁炳辉
特约编辑	吕新月
装帧设计	时代华语设计组
出版发行	江苏凤凰文艺出版社
	南京市中央路 165 号，邮编：210009
网　　址	http://www.jswenyi.com
印　　刷	三河市宏图印务有限公司
开　　本	880 毫米 × 1230 毫米　1/32
印　　张	7 75
字　　数	174 千字
版　　次	2024 年 6 月第 1 版
印　　次	2024 年 6 月第 1 次印刷
书　　号	ISBN 978-7-5594-8777-3
定　　价	56.00 元

用经典滋养灵魂

龚鹏程

每个民族都有它自己的经典。经，指其所载之内容足以作为后世的纲维；典，谓其可为典范。因此它常被视为一切知识、价值观、世界观的依据或来源。早期只典守在神巫和大僚手上，后来则成为该民族累世传习、讽诵不辍的基本典籍，或称核心典籍，甚至是"圣书"。

中国文化总体上的经典是六经：《诗》《书》《礼》《乐》《易》《春秋》。依此而发展出来的各个学门或学派，另有其专业上的经典，如墨家有其《墨经》。老子后学也将其书视为经，战国时便开始有人替它作传、作解。兵家则有其《武经七书》。算家亦有《周髀算经》等所谓《算经十书》。流衍所及，竟至喝酒有《酒经》，饮茶有《茶经》，下棋有《弈经》，相鹤相马相牛亦皆有经。此类支流稗末，固然不能与六经相比肩，但它们代表了在各自那一个领域中的核心知识地位，是很显然的。

我国历代教育和社会文化，就是以六经为基础来发展的。直到清末废科举、立学堂以后才产生剧变。但当时新设的学堂虽仿洋制，却仍保留了读经课程，以示根本未隳。辛亥革命后，蔡元培担任教育总长才开始废除读经。接着，他主持北京大学时出现的新文化运动更进一步发起对传统文化的攻击。趋势竟由废弃文言，提倡白话文学，一直走到深入的反传统中去。

台湾的教育发展和社会文化意识，其实也一直以延续五四精神自居，故其反传统气氛及其体现于教育结构中者，与大陆不过程度略异而已，仅是社会中还遗存着若干传统社会的礼俗及观念罢了。后来，台湾才惕然警醒，开始提倡"文化复兴运动"，在学校课程中增加了经典的内容。但不叫读经，乃是摘选"四书"为《中国文化基本教材》，以为补充。另成立"文化复兴委员会"，开始做经典的白话注释，向社会推广。

文化复兴运动之功过，诚乎难言，此处也不必细说，总之是虽调整了西化的方向及反传统的势能，但对社会民众的文化意识，还没能起到普遍警醒的作用；了解传统、阅读经典，也还没成为风气或行动。

20世纪70年代后期，高信疆、柯元馨夫妇接掌了当时台湾第一大报《中国时报》的副刊与出版社编务，针对这个现象，遂策划了《中国历代经典宝库》这一大套书。精选影响人们最为深远的典籍，包括了六经及诸子、文艺各领域的经典，遍邀名家为之疏解，并附录原文以供参照，一时社会震动，风气丕变。

其所以震动社会，原因一是典籍选得精切。不蔓不枝，能体现传统文化的基本匡廓。二是体例确实。经典篇幅广狭不一、深浅悬隔，如《资治通鉴》那么庞大，《尚书》那么深奥，它们跟小说戏曲是截然不同的。如何在一套书里，用类似的体例来处理，很可以看出编辑人的功力。三是作者群涵盖了几乎全台湾的学术精英，群策群力，全面动员。这也是过去所没有的。四是编审严格。大部丛书，作者庞杂，集稿统稿就十分重要，否则便会出现良莠不齐之现象。

这套书虽广征名家撰作，但在审定正讹、统一文字风格方面，确乎花了极大气力。再加上撰稿人都把这套书当成是写给自己子弟看的传家宝，写得特别矜慎，成绩当然非其他的书所能比。五是当时高信疆夫妇利用报社传播之便，将出版与报纸媒体做了最好、最彻底的结合，使得这套书成了家喻户晓、众所翘盼的文化甘霖，人人都想一沾法雨。六是当时出版采用豪华的小牛皮烫金装帧，精美大方，辅以雕花木柜。虽所费不赀，却是经济刚刚腾飞时一个中产家庭最好的文化陈设，书香家庭的想象，由此开始落实。许多家庭乃因买进这套书，仿佛种下了诗礼传家的根。

高先生综理编务，辅佐实际的是周安托兄。两君都是诗人，且侠情肝胆照人。中华文化复起、国魂再振、民气方舒，则是他们的理想，因此编这套书，似乎就是一场织梦之旅，号称传承经典，实则意拟宏开未来。

我很幸运，也曾参与到这一场歌唱青春的行列中，去贡献微末。先是与林明峪共同参与黄庆萱老师改写《西游记》的工作，继而再协助安托统稿，推敲是非，斟酌文辞。对整套书说不上有什么助益，自己倒是收获良多。

书成之后，好评如潮，数十年来一再改版翻印，直到现在。经典常读常新，当时对经典的现代解读目前也仍未过时，依旧在散光发热，滋养民族新一代的灵魂。只不过光阴毕竟可畏，安托与信疆俱已逝去，来不及看到他们播下的种子继续发芽生长了。

当年参与这套书的人很多，我仅是其中一员小将。聊述战场，回思天宝，所见不过如此，其实说不清楚它的实况。但这个小侧写，或许有助于今日阅读这套书的读者理解该书的价值与出版经纬，是为序。

致读者书

罗宗涛

亲爱的朋友：

郑振铎著《中国俗文学史》（商务印书馆）说："在敦煌所发现的许多重要的中国文书里，最重要的要算是'变文'了。在'变文'没有发现以前，我们简直不知道：'平话'怎么会突然在宋代产生出来？'诸宫调'的来历是怎样的？盛行于明清两代的'宝卷''弹词'及'鼓词'到底是近代的产物呢？还是古已有之的？许多文学史上的重要问题，都成为疑案而难于有确定的回答。但自从……斯坦因把敦煌宝库打开而发现了'变文'的一种文体之后，一切的疑问，我们才渐渐地可以得到解决了。我们才在古代文学与近代文学之间得到了一个连锁……如果不把'变文'这个重要的已失传的文体弄明白，则对于后来的通俗文学的作品简直有无从下手之感。"

现在，研究中国文学史或俗文学的中外学者，莫不视"变文"为文学发展史上重要的关键，甚至以其为近代以来中国俗文学的根。负有文化传承使命的现代读书人，能对它一无所知吗？现在将以浅近有趣的笔调将《敦煌变文》介绍给各位读者。

目录

目录

上编

引言

第一章 敦煌变文的起源及本书的体例

佛教东传，佛经的翻译，以至注疏的提出，对佛法的弘扬固然有无比的价值；但是，华文经典与注疏，在教育不甚普及时，仍不易为一般民众所普遍接受。大约自东晋以来，有些僧人就尝试用浅近的方法来传教，这种方法叫作"唱导"。著《高僧传》的慧皎虽然觉得这种方法"于道为末"，但又认为它"悟俗可崇"——有普及的功效，所以仍为之立传立论。现在，我们就先从慧皎《高僧传》卷十三《唱导论》和《唱导传》来了解唱导的大略。

《唱导论》曰："唱导者，盖以宣唱法理，开导众心也。昔佛法初传，于时斋集，止宣唱佛名，依文致礼。至中宵疲极，事资启悟，乃别请宿德，升座说法，或杂序因缘，或傍引譬喻。其后庐山释慧远，道业贞华，风才秀发，每至斋集，辄自升高座，躬为导首，先明三世因果，却辩一斋大意。后代传受，遂成永则。故道照、昙颖等十有余人，并骈次相师，各擅名当世。"

唱导的字义，古人以为："启发法门，名之为唱；引接物机，名之为导。"（见丁福保《佛学大辞典》引大部补注九）。至其起源大约是：最早的斋集，总严格遵行严肃庄重的仪式，时间长了，不免陷于呆滞。后来就在中宵疲极的时候，别请宿德，以旁引譬喻、杂序因缘的方式来说法。当初显然是一种权宜的补充措施。到了像慧远这样的高僧出来提倡，这种方式才蓬勃起来；再以后继有人，于是更能普遍开展，蔚为风气。

《唱导论》又曰："夫唱导所贵，其事四焉：谓声、辩、才、博。非声，则无以警众；非辩，则无以适时；非才，则言无可采；非博，则语无依据。至若响韵钟鼓，则四众惊心，声之为用也，辞吐俊发、适会无差，辩之为用也，绮制雕华、文藻横逸，才之为用也；商榷经论、采撮书史，博之为用也。若能善兹四事，而适以人时——如为出家五众，则须切语无常，苦陈忏悔；若为君王长者，则须兼引俗典，绮综成辞；若为悠悠凡庶，则须指事造形，直谈闻见；若为山民野处，则须近局言辞，陈斥罪目。凡此变态，与事而兴，可谓知时众，而又善说。虽然，故以恳切感人，倾诚动物，此其上也。"

所谓唱导，基本上是一种演讲术。而上引《唱导论》所提出的要点有三：导师必须具备声、辩、才、博四种能力，此其一；导师要能把握时机，认清对象，此其二；根本上导师必须有出自内心的宗教热忱和恳切的态度，此其三。

以下，再就这三方面略为阐述：

由于唱导是一种演讲术，所以，声音的响亮铿锵、抑扬顿挫，是不可少的要件，《道照传》的"音吐嘹亮，洗悟尘心"就是这个意思。而《昙宗传（附僧意传）》云："时灵味寺复有释僧意者，亦善唱说，制《睒经》新声，哀亮有序。"可见唱导要求声音的表现，在响亮、清晰之外，还得富于感情；因为宣教不但是以理服人，还要以情感人的。

辩的意思是要导师具备灵敏的应变能力，例如《慧重传》："大明（刘宋孝武帝年号）六年（462年）敕为新安寺出家，于是专当唱说。禀性清敏，识悟深沉，言不经营，应时若泻。"《法镜传》云："虽义学功浅，而领悟自然，造次嘲难，必有酬酢。"《慧璩传》云：

"宋（刘宋）太祖文皇帝车骑臧质，并提携友善，雅相崇爱。谯王镇荆，要与同行，后逆节还朝，于梁山设会。顷之，谯王败，璩还京。后宋孝武设斋，璩唱导，帝问璩曰：'今日之集，何如梁山？'璩曰：'天道助顺，况复为逆？'帝悦之。"唱导免不了有论难，所以"辩"就成了不可少的条件。

才，是指文才而言。唱导的目的在于化俗；而所谓俗人，不仅指一般庶民，君王士流也包括其中。南朝士流，极重文采，导师对他们发言，自不能出之以粗鄙。所以导师以通诗赋、善辞章为上，如《昙光传》云："性喜事五经诗赋……"《慧璩传》："出语成章，动辞制作，临时采博，罄无不妙。"

博，是要求导师于通晓佛典之外，对于我国的经典学术，乃至民间技艺，也当知晓。如《慧璩传》："该览经论，涉猎书史，众技多闲，而尤善唱导。"《昙光传》："性喜事五经诗赋，及算数卜筮，无不贯解。"《法愿传》："家本事神，身习鼓舞，世间杂技及著爻占相，皆备尽其妙。"

以上声、辩、才、博四项，虽分别叙述，但实相辅相成，并不是各自孤立的。

导师具备了以上四种才能，在唱导时，还得认清对象，把握时机。今略举《唱导传》数例明之：

《法愿传》："愿又善唱导，及依经说法，率自心抱，无事宫商，言语讹杂，唯以适机为要。"

《道照传》："释道照，姓曲，西平人。少善尺牍，兼博经史。十八出家，止京师祇洹寺，披览群典，以宣唱为业。音吐嘹亮，洗悟尘心，指事适时，言不孤发，独步宋代（刘宋）之初。宋武帝尝于内殿斋，照初夜略叙百年迅速，迁灭俄顷，苦乐参差，必由因果，如来慈应六道，陛下抚矜一切。帝言善久之。"

《昙宗传》："少而好学，博通众典。唱说之功，独步当世；辩口适时，应变无尽。尝为孝武唱导，行菩萨五法礼竟，帝乃笑谓宗曰：'朕有何罪，而为忏悔？'宗曰：'昔虞舜至圣，犹云：予违尔弼。汤武亦云：万姓有罪，在予一人。圣王引咎，盖以轨世；陛下德迈往代，齐圣虞殷，履道思冲，宁得独异？'帝大悦。后殷淑仪薨，三七设会，悉请宗。宗始叹世道浮伪，恩爱必离，嗟殷氏淑德，荣幸未畅，而灭实当年，收芳今日。发言凄至。帝泫怆良久，赏异弥深。"

以上所引以适机为务的例子，都是把握住对象和时机。

而前述一切，其根本又在于导师内心的至诚和态度的恳切。如《法镜传》云："事法愿为师，既得入道，履操冰霜，仁施为怀，旷拔成务。于是研习唱导，有迈终古。齐竟陵、文宣王厚相礼待。镜誓心弘道，不拘贵贱，有请必行，无避寒暑。财不蓄私，常兴福业。建武初，以其信施，立齐隆寺以居之。镜为性敦美，以赏接为务，故道俗交知，莫不爱悦。"

导师如能达到以上各项要求，就能收到感动听众的效果，如《唱导论》所云："至如八关初夕，旋绕周行，烟盖停氛，灯帷靖耀，四众专心，又指缄默。尔时导师则擎炉慷慨，含吐抑扬，辩出不穷，言应无尽：谈无常，则令心形战栗；语地狱，则使怖泪交零。征昔因，则如见往业；核当果，则已示来报；谈怡乐，则情抱畅悦；叙哀戚，则洒泣含酸。于是，阖众倾心，举堂侧怆，五体输席，碎首陈哀，各各弹指，人人唱佛。爰及中宵后夜，钟漏将罢，则言星河易转，胜集难留。又使遑迫怀抱，载盈恋慕。当尔之时，导师之为用也。"可见导师是如何绘影绘声，而听众又如何悚动恋慕了。

可惜当时的唱导，没有留下底本。但从唐代留下的俗讲底本，以及唐人的评论，我们可以略知其发展过程的大概。大约后来这些从事唱导的和尚，受到听众的鼓励，逐渐加重通俗的成分，而使内容逐渐变质，有些正统的和尚以至于士人，就将这种法会，称为"俗讲"。本来"俗讲"一词是佛教徒泛指一切世俗的讲说而言。例如道宣《续高僧传·善伏传》云："贞观三年，赛刺史闻其聪敏，追充州学，因尔，日听'俗讲'，夕思佛义。"

这里的"俗讲"，是指"州学"而言。因此，称法会为俗讲，根本就不承认那是合格的法会。后来，俗讲一名，竟成为这一型法会的专名，而从事这种宣演的和尚，也就被称为"俗讲僧"。当时，这些俗讲僧留下一些底本，通常称为"讲经文"，有人也视为"变文"的一种。但严格来说，"讲经文"和典型的"变文"还是稍有区别的。这容后再做说明。

现在我们先看看俗讲的底本讲经文如何演绎佛经。首先以《维摩诘所说经讲经文》为例：

按《维摩诘所说经》开头是："如是我闻：一时佛在毗耶离庵罗树园，与大比丘众八千人俱……"

而 S.4571 号写卷在解释"一时"二字时，是这样的：

经云：一时。一时者，谏异余时，故曰一时。

又解云：说者听者，互相会遇，更无前后，啐啄同时，故曰一时。经云一时者，于是我佛在毗耶城内庵罗园中，将兴方便之门，欲启慈悲之愿，为救四生热恼，愍伤三界含灵，说法而广度有缘，利益而不论高下。这日地摇六振，天雨四花，十方之贤圣俱臻，八部之龙神尽至。于是，人天皓皓（浩浩），圣众喧喧；空中散新色之衣；地上排七珍之宝。帝释梵王之众，捧玉案于师子座前；龙王夜叉之徒，执宝幢于世尊四面。各各尽辞于天界，一时总到庵园。锣钱击挣扰之声，音乐奏嘈囔之曲。更有阿修罗寺，调飋玲玲之琵琶；紧那罗王，敲驳莘莘之羯鼓；乾闼婆众，吹妙曲于云中；迦楼罗王，动箫韶于空里。齐来听法，尽愿结缘；绕紫磨之身形，礼黄金之面貌；皆焚龙脑，竞爇栴檀。虔恭者亿亿垓垓，赞叹者万万，一时总到庵园会中；睹大圣之希逢，候如来之说法。更有几多罗汉，无限圣人，皆到筵中，尽临法会。并乃神情爽朗，仪貌孤标，持五缀而此土化缘，杖六镶而他方游历。三底异越，和云水以随身；五德超伦，共温恭而淡伫。身坚离染，身为相貌之身；行解行时，行作出尘之行。三明晓了，八解周圆，以出离于娑婆，不沉埋于生死。当初佛会，欲拟说经，无前后而趋筵，尽一时而赴会，如鸡附卵，唪啄同时。所以经云，故曰一时。

　　龙天这日威仪嗮，队仗神通实可爱。
　　帝释忙忙挂宝衣，仙童各各离宫内。
　　遥知我佛说真经，各发情诚来礼拜。
　　尽向空中散妙花，一时总到庵园会。
　　就中更有梵天王，相貌巍巍多自在。
　　各各抛离妙宝宫，人人略到娑婆界。
　　皆持花果呈威光，尽是神通无障碍。
　　闻佛欲说大乘经，一时总到庵园会。
　　阿修罗众圣偏殊，覆海移山功力大。
　　上往须弥富德强，平扶日月感神嗮。
　　可于意地发精虔，只是心田兴妒害。
　　当日遥闻法义开，一时总到庵园会。

乾闼婆众亦归依，歌乐长于心上爱。

每向佛前奏五音，恰如人得真三昧。

琵琶弦上韵香莺，羯鼓杖头敲玉碎。

当日遥闻法义开，一时总到庵园会。

诸天人众莫知涯，各向空中持伞盖。

百宝冠中葱瑞霞，六铢衣上饶光彩。

皆陈异宝表殷勤，尽向香花申恳戴。

当日遥闻欲说经，一时总到庵园会。

百千释梵圣贤身，咸具威仪皆广大。

一志修行绝四流，网罗割断抛三界。

住山中、居窟内，或归坐禅或叹（赞）呗。

知佛欲说大乘经，一时总到庵园会。

久修因、兼奉戒，苦切练么（磨）心不退。

誓出烦（樊）笼生死河，已达圣智真如海。

能持五缀入王城，解执六镮他界外。

知佛欲说大乘经，一时总到庵园会。

（平）当日如来欲说经，几多贤圣誉先知，

忙忙天上抛欢乐，浩浩云中整宝衣。

帝释灵深夸队仗，梵王行里（李）逞威仪。

高低总到庵园会，所以经文道一时。

无限龙神遍四唯（维），百千音乐满吹空（利）。

为逢贤圣趋筵速，只见天龙到处飞。

云内唯观人阁（阎浮）塞，空中不见日光辉。

逡巡总到庵园会，所以经文道一时。

罗汉忙忙逞变威，罗铺针毳补田衣。

察（刹）那恐怕呈（程）途远，倾克（顷刻）由（犹）疑赴会迟。

身上一条云作被，面门多点雪成眉，

神通总到庵园内，所以经中道一时。

百千圣众闹喧喧，各各身心发志虔。

念念尽来趋宝座，人人皆欲礼金仙。

云中只见天花坠，云内唯闻龙脑烟。

只是如今掸止倾（弹指顷），一时总到法王前。

若凡若圣远徘徊，总向庵园法会排。

满意尽希倾法雨，一心专望振春雷。

虔恭各各言希有，合掌颙颙赞善哉。

当日一时齐赴会，在何处听说也唱将来。

只不过了解释"一时"二字，竟说说唱唱了一大篇。整篇《维摩诘所说经讲经文》就是采用这种方式构成的。

又如《维摩诘所说经》说到人身之虚幻不可信，以"聚沫、如影、如响、如浮云、如电、如火、如风、如芭蕉、如草木、瓦砾……"而S.3872号讲经文却只将这些佛经所举的譬喻做简略的解释，而另外加上佛经所没有的"也似机关傀儡"一项：

"……也似机关傀儡，皆因绳索抽牵，或舞或歌，或行或走，曲罢事毕，抛向一边。直饶万劫驱遣，不肯行得时，转动皆是之缘共助，便被幻惑人情。若夜断却诸缘，甚处有傀儡各口（动）？所以玄宗皇帝从蜀地回，肃宗代位，册玄宗为上皇，在于西内。是政已归于太子，凡事皆不自专，四十八年为君，一旦何曾自在？齿衰发白，面皱身羸，乃裁诗自喻甚遂：

克（刻）木牵丝作老翁，鸡皮鹤发与真同；

须臾曲罢还无事，也似人生一世中。

玄宗尚且如此，我等宁不伤身？奉劝门徒云云。"

因此，所谓讲经文每每穿插许多故事、譬喻，遇到某一人名或地名，更好好发挥一番。纵然如此，讲经文毕竟要依某一经为纲领，虽然横生枝节，但总要回到经文上来。有些俗讲僧就觉得很不方便，像S.6551《佛说阿弥陀经讲经文》就说：

更欲广谈名相，又恐虚度时光；

不如讲说经文，早得菩提佛果；

但缘总爱声色，所以污出言辞；

莫怪偈须重重，切要门徒劝善。

由于讲经文的故事部分畸形膨胀，而且有的俗讲僧还不耐经文的束缚，于是俗讲逐渐演变，趋向于以故事为主体的方向发展——也就是讲经文中较具规模的故事先独立宣演，然后再演变为从头就着眼于设计一篇独立完整的故事，而佛经不过成为改编故事的素材。这种作品，就称为"变文"。变文的"变"字虽然可能有不同的含义，但是，《大乘法苑义林章》说的"转换旧形名变"，还是最重要的解释。因此，"变"的最主要含义，是改写、改编的意思。

在今天我们不把改写、改编当作严重的事情来看。但是在一千多年以前，经学家正信守"疏不破注"的规律，史学家也奉行"务信弃奇"的原则；而这些俗讲僧却为了作品的趣味化、生动化、通俗化，充分发挥其想象力，将西天传来的真经，当作艺术品的材料，改变其原来的形式，发挥自己的创意，加以重新塑造，这份创造精神是可钦佩的。因此，变文改变佛经为通俗宣演，不但是形式的问题，而且在精神上也是重大的突破。这一变，整个改变了主奴的地位；这一变，表现了创造的精神。

我们的先人自古也喜欢说故事，在变文发生的时代称之为"说话"，而故事的内容，以民间的传说、寓言、笑话为主。对于经、史、诸子，则着重于忠实地阐释。由于受到讲佛经的变文发生的影响，于是又有取材于经、史、百家的变文发生，这一来就为后来的俗文学开辟了一条大道。这是变文受到重视的原因。

这本《敦煌变文——石窟里的老传说》，其撰述的动机，就在介绍这些流行于一千年前，受到广大群众喜爱的故事，并设法对有兴趣而对变文还感陌生的青年朋友，提供一点帮助。全书的结构是这样的：

上编　引言

第一章　敦煌变文的起源及本书的体例

第二章　敦煌变文体裁述略

第三章　讲经变文与讲史变文关系之试探

★这是帮助读者对变文建立一些必要的基本认识。

中编　正文

★在敦煌变文中选择了十四篇代表作，加以介绍。其中讲佛经故事的和讲历史故事的各占一半。其选择的原则是：第一，选择著名的作品；第二，除非有特殊的理由，尽可能选择写卷比较完整的篇章。

每篇列为一章，每章分说明、故事、注释三部分。说明部分：

主要说明这篇变文材料的来源或其时代背景。故事部分：在说白的部分，尽可能改写为现在的语体，但如原来的文字明白易晓，则保存原貌，以便读者可以约略领略到一千年前白话文的特色。在唱词的部分，则裁汰难懂的诗歌，而保留浅显的部分。因为诗歌既不能将它改写成新诗（其中只有《捉季布传文》录下原诗，逐句语译——理由见其篇的说明），又不能将它全部删除，如果将其删掉，就失去讲唱文学的特质。注释部分：力求简明，只求能帮助了解故事部分的文义就够了。

下编 总论
★说明变文的价值及研究的途径。

第二章　敦煌变文体裁述略

　　《敦煌变文集》所辑的七十八篇变文（广义）中，保留原题的约居半数；其余都是由于写卷残缺，原题亡佚，而为近人拟题的。拟题的正确与否，这里暂不讨论，而先将标题原有的各篇备列于后，然后再加以比较：

　　讲经的：

　　（一）《八相押座文》

　　（二）《三身押座文》

　　（三）《维摩经押座文》

　　（四）《温室经讲唱押座文》

　　（五）《左街僧录大师压座文》

　　（六）《押座文》

　　（七）《长兴四年中兴殿应圣节讲经文》（后题作《仁王般若经抄》）

　　（八）《太子成道经一卷》（另一写卷后题作《悉达太子赞一本》）

　　（九）《八相变》

　　（十）《降魔变神》（后题作《破魔变一卷》）

　　（十一）《降魔变一卷》（后题作《降魔变文一卷》）

　　（十二）《祇园因由记》（后题《祇园图记》）

　　（十三）《目连缘起》

（十四）《大目乾连冥间救母变文并图一卷并序》（后题作《大目犍连变文一卷》。另一写卷附记作《目连变一卷》）

（十五）《频婆娑罗王后宫彩女功德意供养塔生天因缘变》（又出简题《功德意供养塔生天缘》）

（十六）《欢喜国王缘一本》（后题《欢喜国王缘》）

（十七）《丑女缘起》（后记云："上来所说'丑变'。"另一写卷作《丑女金刚缘》。又一写卷后题作《金刚丑女因缘一本》）

（十八）《秋吟一本》

（十九）《四兽因缘》

（二十）《庐山远公话》

此外，拟题的讲经文，有些后面附有小题，如《维摩诘经讲经文》有的附有"文殊问疾第一卷"或"持世菩萨第二卷"，《父母恩重难报经讲经文》第一篇则附有"诱俗第六"的小题。

讲史的：

（一）《故圆鉴大师二十四孝押座文》

（二）《汉将王陵变》（后题作《汉八年楚灭汉兴王陵变》）

（三）《捉季布传文一卷》（又别出一题作《大汉三年楚将季布骂阵汉王羞耻群臣拔马收军词文》。另一写卷后题作《大汉三年季布骂阵词文一卷》）

（四）《季布诗咏》（后题作《季布一卷》）

（五）《舜子变》（后题作《舜子至孝变文》）

（六）《韩朋赋》（后题仍作《韩朋赋一卷》）

（七）《晏子赋》

（八）《燕子赋》（后题作《燕子赋一卷》）

（九）《燕子赋一首》（后题）

（十）《前汉刘家太子传》（后题作《刘家太子变一卷》）

（十一）《孔子项托相问书》（后题作《孔子项托相问书一卷》。另一写卷题作《孔子项托相〔缺"问"字〕诗一首》）

（十二）《茶酒论一卷并序》（后题作《茶酒论一卷》）

（十三）《下女夫词一卷》

（十四）《苏武李陵执别词》

（十五）《百鸟名君臣仪仗》（后题作《百鸟名一卷》）

（十六）《𪚥𪚥书一卷》

（十七）《搜神记一卷》

此外，有一篇是道教的变文，前后题都作《叶净能诗》。合在一起来看：讲经的有押座文、讲经文、经、赞、变、变文、记、缘、缘起、因缘、吟、话等，讲史的有押座文、变、变文、传、传文、词、词文、诗、诗咏、赋、论、书、记等，看起来好像名目繁多，但稍加归纳，就可以变得单纯些。

先看讲经部分。《太子成道经》的后题作《悉达太子赞》，可见"经"就等于"赞"。《降魔变》，后题作《降魔变文》，可见"变"就等于"变文"；《频婆娑罗王后宫彩女功德意供养塔生天因缘变》的简题是《功德意供养塔生天缘》，可见"缘"也等于"变"；又《丑女缘起》，又作《丑变》《丑女金刚缘》《金刚丑女因缘》，可见"缘""缘起""因缘"，也都是"变"——也就是"变文"。再者，细按《太子成道经》和《八相变》在体裁上并没有不同——虽然前者多标了几个"吟"字，但并不是体裁的不同；而且，在唐代佛寺里的变相，常有"某某经变"的，因疑《太子成道经》是《太子成道经变》的省略，就像"变文"简称作"变"一样。所以，归纳起来，讲经的俗讲本子，只有押座文、讲经文、变文、吟、记、话等类。

再看讲史部分。《捉季布传文》的后题作《大汉三年季布骂阵词文》，可见"传文"就是"词文"。《前汉刘家太子传》，后题作《刘家太子变》，可见"传"等于"变"。《舜子变》的后题作《舜子至孝变文》，可见"变"就是"变文"。《孔子项托相问书》，有的写卷题作《孔子项托相（缺"问"字）诗》，可见"书"和"诗"两种体裁也不必严格划分。因此，在讲史方面的体裁可有押座文、变文、词文（或传文）、书（或诗）、词、赋、诗咏、论、记等类。至于《百鸟名》一篇，疑其未将文体名称标出。

押座文、变文、记等三类，是讲经和讲史都有的名称，所以合起来总共是十二类。兹一一讨论之：

押座文：

押座文并不能独立宣演，而是在转入正题以前所吟唱的一段押韵的短章，其作用是在静众，孙楷第氏说"押"字的意思是"镇压"，等于"压"字。这话是不差的，因为 S.3728 号写卷就题作《左街僧录大师压座文》。和尚宣教，除禅宗顿教大师喜欢用棒、喝、茶、饼等新颖的办法外，大抵都是循序渐进的。由于听众闻钟而至以前，可能在不同的环境做着不同的事情，未必都能专心致志。初到寺中，可能还忙着和朋友招呼，心神不定，所以在大众大体都坐定以后，负责维持秩序的维那就先作梵静众，然后法师再唱押座文使听众进一步收敛心神，以便适应将要宣演的题目和内容。这在对大众宣传时，恐怕是很重要的节目。

关于押座文，还有几点要说明的：

（一）有的押座文是专为讲唱某一经而设的——像《维摩经押座文》《温室经讲唱押座文》等。但是俗讲的内容有时大体近似（如杂序因果，或太子成道，或宣扬孝道等都是常见的题材），于是，押座文也就可以互相假借，像《太子成道经》所用的押座文和《八相押座文》就没什么分别，而《功德意供养塔生天缘》和《破魔变文》也用同一押座文等。

（二）宣演讲经文或讲经性的变文，都有一个与佛经有关的题目，所以这一类的押座文的最后一句都是"经题名字（名字或作名目）唱将来"。让都讲唱出经题，而言归正传。但要是离开这个范围，就不用这句套话，像《故圆鉴大师二十四孝押座文》讲的是二十四孝，就无所谓经题；又如《左街僧录大师压座文》，大约是在朝廷在各州建造舍利塔破土时宣演前所讲唱的，可能后面的讲词是自己拟就的，所以也省掉了这句套话。

（三）到底讲史性变文有没有押座文呢？《故圆鉴大师二十四孝押座文》既为宣演二十四孝而设，二十四孝是属于历史故事的范围，而有押座文，那么讲史性变文也应该有押座文才对。只是《二十四孝押座文》的作者是圆鉴大师云辩，他是个俗讲僧，当然顺着原来讲经的习惯。至于非佛教徒的讲史是否也如此呢？在常理上来推测，应该也有押座文才是，因为纵使不是在宣教，讲故事赚钱照样希望收到动人的效果；而效果如何，与听众的心理准备是大有关系的，话本有入话诗，后世说书有所谓定场诗，道理都是相通的，这该是沿唐代之旧的吧。所以现存的讲史变文虽然没有将押座文写在上面，然而，像《舜子变》《董永变文》等篇，就可以用《故圆鉴大师二十四孝押座文》来押座。

讲经文：

《敦煌变文集》所收"讲经文"有多种，但保留原题的只有B.3808号《长兴四年中兴殿应圣节讲经文》一篇而已。其余各篇，原题全都亡佚，其"某某经讲经文"的题目都是近人看它和《长兴四年中兴殿应圣节讲经文》体裁相近而拟的。看来所拟大体不差，只是我怀疑它们可能就如"变文"一样，也有着种种名称，未必一律都题作"某某经讲经文"。像S.2440号写卷原题作《温室经讲唱押座文》，因疑其后所敷演的题目应当是《温室经讲唱文》。又，B.2173号（收在《大正大藏古逸部》）题作《御注金刚般若波罗蜜经宣演卷上》。又，S.2132号则题作《金刚般若经宣演卷下》，其形式和讲经文近似，只是内容严肃、文字典雅，不能当作俗讲的话本来看。但"讲经文"一词，原本也没有通俗的意味的。所以"讲经文"一类的写本，可能有的是称为"讲唱文"或"宣演"之类。

俗讲的形式是先作梵，然后唱押座文，然后开经，然后开赞，然后忏悔，然后再行赞叹，然后解释经题，然后入经说缘喻，然后又申赞叹，然后回向发愿取散。其中最重要的部分，当然是入经说缘喻，这个部分的讲唱，都是分序分、正宗、流通三段，跟佛经的疏解相同。至其宣演的顺序，则是由都讲唱一段经文，然后法师加以解说，然后再以韵文吟唱。讲唱到一段落，法师就提醒都讲唱下一段经文，如《父母恩重经讲经文》之二就有"不生恭敬喝将来！"的哨词，而下面的经文就是"不生恭敬、弃恩辈恩（按：经文原作'忘恩背义'）云云"。又如《金刚般若波罗蜜经讲经文》云："六段文中第四段，都公案上唱唱罗！"有时法师则櫽栝下面经文的意思，提醒都讲，如《维摩诘经讲经文》之一有段唱词最后两句是："当日世尊欲说法，因更有甚人来也唱将来！"而下面的经义则为："复有万二千天帝，亦从余四天下来诣佛所而听法。"

最重要的一点是"入经说缘喻"，在讲经文里所讲唱的一切因缘譬喻莫不以经文为依归。换句话说，就是以经为主体，故事无论如何发挥，都是处在附属的地位。

这里要先说明的是作为"俗讲"话本的"讲经文"和一般佛经的疏解的差别，主要是它们通俗；而所谓通俗至少包括内容、语言和音乐各方面。

变文：

《大乘法苑·义林章》第七本云："转换旧形名变。"本来宣演讲经"变文"的形式和宣演"讲经文"的程序，并没有显著的差异，然而"变文"却采用"转换旧形"的"变"字为名，其间必定有着重大的转变。比较讲经文和讲经变文的写卷，可以看出两者最大的分别是：讲经文必以某一经贯串全篇；而变文则以故事为主，纵然引了经文，也只是为了故事的需要。这一主奴地位的转换，才符合"变"字的名义。而俗讲话本在文学发展史上的地位，至此方告奠定。

讲经变文（包括缘、缘起、因缘等）除了不用经文来贯串全篇以外，其体裁和讲经文几乎完全相同，也有押座、开经、开赞、回向发愿等节目，其正文部分，也必定是韵散间厕——也就是讲一段、唱一段的。至于讲史变文，有的和讲经变文相近——像《汉将王陵变》，除了头尾的仪式不见保存下来外，其正文也是讲一段、唱一段的。可是有的却不如此——像《舜子变》，通篇都押韵，而且以六言句为主，其次就是四言句了，其体裁稍近于赋；像《刘家太子变》（用后题）却又通篇用散句，全同于变文集中的"记"。

记：

《文体明辨》云："其盛自唐始也，其文以叙事为主。"变文集里保留原题的，在讲经方面有《祇园因由记》，讲史方面有《搜神记》，两者都是用散句来叙事的。

吟：

只有《秋吟一本》以吟为名。观其体裁，和变文极为相似，只是在变文的说白部分，秋吟则全用赋体。本来在讲经文和变文的说白部分，往往会有骈语出现，因为唐人写骈文写得很滥，无意中总会露出骈句，但讲经文和变文的说白部分毕竟是说白——有的写卷上就标注了"白"字。但《秋吟》除了诗歌以外，其余都刻意经营，全以赋体表现。因此，当其宣演时恐怕全用吟唱，和典型的变文之有说白有所不同。

赋：

只有讲史性变文用赋体，有《韩朋赋》《晏子赋》各一篇，又有内容不同的两篇《燕子赋》。其中《晏子赋》应该是"记"，其体裁和《搜神记》并无二致，一点儿赋的味道也没有。其余三篇却是赋体，其中虽也有诗，但毕竟以赋为主，跟《秋吟》以诗为主不同。

论：

只有《茶酒论》一篇，假设茶、酒相辩难，最后由水出来仲裁，其茶、酒、水三者，略似陶渊明"形、影、神"三首诗，再往上追溯，又可牵涉到《桓子新论·形神》，《列子》"力问于命"、《淮南子》"魄问于魂"、《庄子》"罔两与景问答"之文。整个看来，《茶酒论》是设论体，而通篇则以四言韵语为主，其次是六言韵语，偶尔也用其他句法，但都押了韵。

书：

以书为名的有《孔子项托相问书》和《㘎斩书》两篇。这两篇的共通点是，除了七言诗以外，在典型变文作为说白部分，全用四言韵语。单就这个部分来说，其句法和《茶酒论》相似。但整体看来它们有许多七言诗，其余的部分也都用韵，又和《秋吟》相似——只是《秋吟》的句法是四六，而这两篇"书"则纯用四言。

诗咏和词文：

讲史性变文有《大汉三年季布骂阵词文》(即《捉季布传文》)和《季布诗咏》，都是诗歌——前者是一韵到底的七言长诗，后者是换韵的七言诗。《季布诗咏》里面有"诗曰""词曰"的字样，可见"词文"和"诗咏"并没有大的不同。两者都是以诗唱来表现的。

诗、词、话：

《敦煌变文集》保存原题，而且用"诗""词""话"题名的有《叶净能诗》《下女夫词》《苏武李陵执别词》《庐山远公话》四篇。其中只有《下女夫词》全篇由短诗组成——前半篇是四言诗，后半篇是五言诗。要是这篇不是从一有说白的长篇逸出来的话——换句话说，它本来是独立的短篇——那么，这篇应当叫作"词文"才是。其余三篇，虽然名称不同，但其体裁都是以说白叙述故事为主，里面或有点小诗。因疑"诗"是"诗话"之略、"词"是"词话"之略、"话"也是"诗话"或"词话"之略——就如"经变"既可略称为"变"又可略称为"经"一样。这些都是"话本"这里所称的"诗话""词话"，是话本的诗话、词话——像《大唐三藏取经诗话》《大唐秦王词话》之类。以前的诗话、词话本来就以纪传体为主。像《大唐三藏取经诗话》，日本三浦将军所藏巾箱本题作《唐三藏取经诗话》，而日本德富氏成篑堂文库的宋刊本则题作《新雕大唐三藏法师取经记》。《大唐秦王词话》，英国博物院藏本则题作《大说唐全传》。而古人的"话"相当于我们说的"故事"，从隋经唐到宋都是如此，孙楷第氏的《说话考》《词话考》(1933年《师大月刊》第十期)有很详尽的考证，这里就不赘述了。

根据以上所归纳的结果，再看《敦煌变文集》所拟的题目，有的似乎不甚妥当。像《不知名变文》之三、《太子成道变文》之二、《太子成道变文》之五（按：以上三篇是一篇割裂成为三篇的，详见拙著《敦煌讲经变文研究》第一章第二节），《太子成道变文》之二、五，都应当题作"记"。《秋胡变文》应当题作"话"。《董永变文》应当题作"词文"或"诗咏"。

第三章 讲经变文与讲史变文关系之试探

一、绪言

敦煌卷轴里有一些写卷是当时讲唱文学的话本，当代研究文学史的学者泛称之为"变文"。这类讲唱的话本，依其内容题材区分，可大别为讲经与讲史两种——前者宣演佛经及佛家故事；后者演述我国历史传说人物事迹。然而，这两种话本之间有没有什么关联呢？假如有关联的话，则其关系又是怎样呢？这是研究文学史必须考察的问题。

以往的学者对这个问题，有着两种极不相同的看法：有一些学者认为，由于佛教东来，才有讲经变文；有了讲经变文，才有讲史变文；有了讲史变文，才有宋人话本等通俗文学作品。他们以为这些是一脉相承的。[1]持相反看法的学者则认为讲经变文与讲史变文的发展，各有方向，并不互相牵涉。[2]

既有这么不相同的意见存在，则其间容有商量的余地；而且，要参加讨论，当然又必须提出更具体的证据才行，因此，本文拟就

---

[1] 郑振铎《中国俗文学史》（商务印书馆）即持讲史变文自讲经变文衍生而来的看法。

[2] 谢海平《讲史性之变文研究》（嘉新水泥基金会）即以为讲经变文与讲史变文各自发展。

两者的"体裁"及"作者、讲者、抄者"两方面提出具体的证据而置喙其间。

二、就体裁考察两者之关系

现在流行的敦煌变文辑本，以《敦煌变文集》所辑最丰，流传最广。以其所辑的七十八种变文而论，存有原题的约居半数，另外半数都是由于原题亡佚而由近人所拟题的。近人的拟题，往往由于未能详按其题材，又没有细审其体裁，所以错误是难免的。为了避免混淆，本文只取写卷保存了的题目，加以考察。兹先将各篇题目分为讲经、讲史两类，列举于后：

讲经变文（广义的）：

（一）《八相押座文》，（二）《三身押座文》，（三）《维摩经押座文》，（四）《温室经讲唱押座文》，（五）《左街僧录大师压座文》，（六）《押座文》，（七）《长兴四年中兴殿应圣节讲经文》（后题作《仁王般若经抄》），（八）《太子成道经一卷》（另一写卷后题作《悉达太子赞一本》），（九）《八相变》，（十）《降魔变神》（后题作《破魔变一卷》），（十一）《降魔变一卷》（后题作《降魔变文一卷》），（十二）《祇园因由记》（后题《祇园图记》），（十三）《目连缘起》，（十四）《大目乾连冥间救母变文并图一卷并序》（后题作《大目犍连变一卷》，另一写卷附记作《目连变一卷》），（十五）《频婆娑罗王后宫彩女功德意供养塔生天因缘变》（又出简题《功德意供养塔生天缘》），（十六）《欢喜国王缘一本》（后题《欢喜国王缘》），（十七）《丑女缘起》（后记云："上来所说'丑变'。"另一写卷作《丑女金刚缘》，又一写卷后题作《金刚丑女因缘一本》），（十八）《秋吟一本》,（十九）《四兽因缘》,（二十）《庐山远公话》。

综上所列，广义的讲经变文有押（压）座文、讲经文、经、赞、变、变文、记、缘、缘起、因缘、吟、话等十二种。然而，《太子成道经》的后题作《悉达太子赞》，可见"经"就等于"赞"。《降魔变》的后题作《降魔变文》，可见"变"就等于"变文"；《频婆娑罗王后宫彩女功德意供养塔生天因缘变》的简题是《功德意供养塔生天缘》，可见"缘"等于"变"；《丑女缘起》又作《丑变》《丑女金刚缘》《金刚丑女因缘》，可见"缘""缘起""因缘"也都是"变"。再细按《太子成道经》和《八相变》的体裁并无不同，则"经"也就是"变"——"经"大约是"经变"之略，就像"缘"是"缘起"的省略一般。总之，归纳起来，讲经的俗讲话本，只有押座文、讲经文、变文、吟、记、话等几类。

讲史变文（广义的）：

（一）《故圆鉴大师二十四孝押座文》,（二）《汉将王陵变》(后题作《汉八年楚灭汉兴王陵变》),（三）《捉季布传文一卷》(又别出一题作《大汉三年楚将季布骂阵汉王羞耻群臣拔马收军词文》，另一写卷后题作《大汉三年季布骂阵词文一卷》),（四）《季布诗咏》(后题作《季布一卷》),（五）《舜子变》(后题作《舜子至孝变文》),（六）《韩朋赋》(后题仍作《韩朋赋一卷》),（七）《晏子赋》,（八）《燕子赋》(后题作《燕子赋一卷》),（九）《燕子赋一首》(后题),（十）《前汉刘家太子传》(后题作《刘家太子变一卷》),（十一）《孔子项托相问书》(后题作《孔子项托相问书一卷》，另一写卷作《孔子项托相〔下缺"问"字〕诗一首》),（十二）《茶酒论一卷并序》(后题作《茶酒论一卷》),（十三）《下女夫词一卷》,（十四）《苏武李陵执别词》,（十五）《百鸟名君臣仪仗》(后题作《百鸟名一卷》),

（十六）《龃龉书一卷》，（十七）《搜神记一卷》。

此外还有一篇道教的变文，前后题都作《叶净能诗》。姑附于此。

综前所列，广义的讲史变文有押座文、变、变文、传、传文、词、词文、诗、诗咏、赋、论、书、记等十三种。然而，从《捉季布传文》的前后题可知"传文"即"词文"。从《前汉刘家太子传》的题可知"传"即"变"。从《舜子变》的前后题可知"变"即"变文"。从《孔子项托相问书》不同写卷的标题可知"书"即"诗"。因此，广义的讲史变文有押座文、变文、词、词文（或传文）、书（或诗）、赋、诗咏、论、记等类①。倘再将原文比较．则又可发现"诗咏"同于"词文"；"诗""词"为"诗话"或"词话"之略，两者亦可并为一类②。

现在就文体的名称来观察，押座文、变文、记等三种是讲经讲史所共用。因此，两者之有关联，至为明显。其中"押座文"的名称在中土是找不到的，讲史之抄袭讲经，实不容置辩。至于"变文"之名，虽然南朝有所谓"变歌"的体裁，但不同于"变文"，变文韵、散错出的形式，与我国六朝"文""笔"区分的观念亦不相合，其自外输入，自无可疑；而且，就现存的变文来看，时代最早的变文是讲经变文而不是讲史变文③。因此，狭义的、正宗的变文的确是由讲经开始，讲史则仿效于后。可是，我们不能以此而认为所有讲

---

① 《百鸟名》一篇，疑其未将文体之名称标出，此犹《季布诗咏》或略作《季布》。

② 以上言变文体裁，详拙著《敦煌变文体裁述略》一文（1977年3月出版《中华学苑》第十九期）。

③ 参阅拙著《敦煌讲经变文研究》第五章《时代考》（文史哲出版社）及《敦煌变文成立时代新探》（1976年7月出版《人文学报》第二期）。

史的话本都是讲经变文嫡传的，因为，至少"记"的体裁是我国所固有的。

然而，最值得一提的还是"话"这种体裁，讲经话本以"话"为名的有《庐山远公话》一篇，而其成立的时代则在残唐五代[①]。可是我国"说话"的历史则至少可追溯到隋唐[②]。虽然，我们从现存的文献来看隋唐的"话"，都不过是一则一则短短的故事、笑话或寓言之类的文字，跟《庐山远公话》及宋人话本大不相同。可是，《元氏长庆集·酬翰林白学士代书一百韵》"翰墨题名尽，光阴听话移"自注云："乐天每与予从游，无不书名屋壁；又尝于新昌宅说一枝花话，自寅至巳，犹未毕词也。"

自寅至巳，是一段很长的时间，那么"一枝花"的这个故事也就相当长了。于此可见唐代是有很长的"话"的，但这些"话"的底本，却都失传了。其失传的原因可能有二：

其一，通俗文学本来就可随时随地讹变的，其篇什之能保存下来，只是出于偶然，我们或许可以在宋人的话本里找出前代所遗的蛛丝马迹。

其二，从唐人笔记及前引元稹酬白学士诗的自注，可知唐代的"说话"是很流行的，而且也是文人的消遣之一，"说话"的人当有底本，但其流行则借口耳相传。然而，当文士听得有兴致的时候，也想染指其间。于是凭他们的"史才"，写成了传奇小说，如前引元氏的自注，说他在新昌宅听《一枝花话》。而"一枝花"就是"李娃"[③]，可见李娃的故事在元白的时候很流行。今天，我们见到的《李

---

① 参阅拙文《敦煌变文成立时代新探》。
② 参阅孙楷第《说话考》（1933 年《师大月刊》第十期）。
③ 见明梅鼎祚《青泥莲花记·李娃传》注。

娃传》则是白居易的弟弟白行简写的，于此可见白行简听了盛行一时的《一枝花话》，而用其题材，借其才情，经营为《李娃传》。唐人传奇小说题材的来源，我想从"说话"之中获得的，当不在少数。总之，有许多"惊四筵"的说话，经文人经营而成为"适独坐"的传奇小说。两者原本各擅胜场，但就保存而言，俚俗的说话底本很容易被藻丽的传奇小说所淘汰。

因此可知"说话"是我国所固有的，倒是从事"俗讲"的人，采用其形式，而以佛家故事充之。

就前所述，似乎讲经和讲史的话本关系极为密切，其实，这只是部分的情形如此，从全部来观察，其互不牵涉的情形还是很多。如讲经的"因缘""缘起"，和讲史的"赋""诗"之类，在名称上两者就从不假借。

综前所论，就体裁而言，讲经和讲史各有其渊源，但后来却交互影响起来了。两者之间并非嫡承的关系，但也不是毫无瓜葛。

三、就作者、讲者、抄者，考察两者之关系

变文的作者、讲者、抄者每每混淆不清，如《频婆娑罗王后宫彩女功德意供养塔生天因缘变》有云：

"佛法宽广，济度无涯，至心求道，无不获果。但保宣空门簿艺，梵字荒才。经教不便于根源；论典罔知于底漠。辄陈短见，缀秘密之因由；不惧羞惭，缉甚深之缘喻。"

其卷末附记说明抄者是"法保"，那么，"保宣"应当是讲者或作者，也可能既是作者，又是讲者。至如《维摩诘经讲经文》之四附记则有两段话：

"广政十年八月九日在西川静真禅院写此第廿卷文书，恰遇拒（抵）黑，书了，不知如何得到乡地去。"

"年至四十八岁，于州中应明寺开讲，极是温热。"

从这两段话看来，抄者与讲者是同一人，易言之，此人是为了开讲而抄录这俗讲的底本的。由于作者、讲者、抄者时常混淆不清，再加上本文并无严格分辨之需要，故以下只就有关数据分讲经、讲史两部分，分别录下，再做讨论：

讲经部分（前文已引者，不再重复）：

《左街僧录大师压座文》，其题目已标明作者是左街僧录大师。

《不知名变文》之二："得今朝便差，更有师师谩语一段……以下说'阴阳人'杨（漫）语话，更说'师婆'慢（谩）语话。"

《太子成道经》："适来和尚说其真，修行弟子莫因循。"

又，附记："僧惠定池（持）念读诵，知人不取。"

《降魔变文》："玉阶许坐于师僧。"

《佛说阿弥陀经讲经文》之二："但少僧生逢浊世，滥处僧伦全无学。"

《三身押座文》："今朝法师说其真，坐下听众莫因循。"

《庐山远公话》，附记："开宝五年张长继书记。"

《太子成道经》，附记："长兴伍年甲午岁八月十九日莲台寺僧洪福写记诸耳。"

《金刚般若波罗蜜经讲经文》，附记："解释已竟，从此外任觅送路而走，七劝任用者也。贞明六年正月□日，食堂后面抄清密，故记之尔。"

《父母恩重（难报）经讲》经文之一，附记："天成二年八月七日一艺书。"

《目连缘起》，附记："道界真本记。"

《大目乾连冥间救母变文》，附记："贞明七年辛巳岁四月十六日净土寺学郎薛安（安）俊写。张保达文书。"

又，另一写卷附记："太平兴国二年，岁在丁丑润（闰）六月五日，显德寺学仕郎杨愿受一人思微（惟）发愿作福，写尽此《目连变》一卷。后同释迦牟尼仏（佛）一会弥勒生作仏（佛）为定。后有众生同发信心，写尽目连变者，同池（持）愿力，莫堕三涂。"

《频婆娑罗王后宫彩女功德意供养塔生天因缘变》，附记："维大周广顺三年癸丑岁肆月二十日三界寺禅僧法保自手写记。"

《欢喜国王缘》，附记："乙卯年七月六日，三界寺僧戒净写耳。"

讲史部分：

《茶酒论》题"乡贡进士王敷撰"。

又，附记："开宝三年壬申岁正月十四日知术院弟子阎海真自手书记。"

《故圆鉴大师二十四孝押座文》题"左街僧录圆鉴大师赐紫云辩述。"

《搜神记》题"句道兴撰"。

《捉季布传文》："若论骂阵身登贵，万古千秋只一人。具说汉书修制了，莫道词人唱不真。"

《张义潮变文》附录："莫怪小男女哎哆语，童谣歌出在小厮儿。"

《汉将王陵变》，附记："天福四年八月十六日孔目官阎物成写记。"

《百鸟名》，附记："庚寅年十二月日押牙（衙）索不子自手□□（书记）。"

《孔子项托相问书》，附记："天福八年癸卯岁十一月十日净土寺学郎张延保书记。"

观察上列资料，很容易看出没有俗人去从事讲经方面的撰写、讲唱与抄录；反之，和尚倒有从事讲史方面的撰著、讲唱，而寺院里的写经生也往往抄录讲史的话本。俗讲僧为什么会插手到讲史方面来呢？唐代俗讲僧往往是名利双收的，像云辩就蒙赐紫为大师，而《庐山远公话》叙述开讲的情形也有"听众如云，施利若雨"的话。再举下列的记载，则其煊赫之情状亦可稍见一斑：

赵璘《因话录》："有文溆僧者，公为聚众谈说，假托经论，所言无非淫秽鄙亵之事，不逞之徒，转相鼓扇扶树，愚夫冶妇，乐闻其说。听者填咽寺舍，瞻礼崇拜，呼为和尚，教坊效其声调以为歌曲。其氓庶易诱，释徒苟知真理及文义稍精，亦甚嗤鄙之。近日庸僧以名系功德使，不惧台省府县……"

《太平广记》卷二百四引《卢氏杂说》："文宗善吹小管，时法师文溆为入内大德……"

《资治通鉴·唐纪》："（敬宗宝历元年六月己卯）上幸兴福寺观沙门文溆俗讲。"

然而，名利双收的俗讲僧为什么又要来从事讲史呢？郑著《中国俗文学史》（第六章第八节）的说法是："大约当时宣传佛教的东西，已为听众所厌倦。开讲的僧侣们，为了增进听众的欢喜，为了要推陈出新，改变群众的视听，便开始采取民间所喜爱的故事来讲唱。"

这固然是可能的原因之一，但也可能还有其他的原因。例如，遇上像唐武宗这种毁法的皇帝，一道令下，就拆掉佛寺四千六百所，招提兰若四万余所，令僧尼还俗的有二十六万五百人。在这些骤失依凭的人之中，当有许多原先是俗讲僧，以往就靠讲唱过活，一旦还俗，只有用平常讲唱佛经故事的技能，转为讲唱历史故事，赖以维生。到形势好转，佛教重振，他们也就将此引进了寺院。

以上推论，无论正确与否，但俗讲僧之介入讲史，则是事实，他们必定也将讲经所得的经验带到讲史方面。因此，讲史之受讲经的影响是必然的。至于其受影响的情形如何，留待下文再做讨论。

四、结语

综前所述，广义的讲经变文和讲史变文，本来是各有渊源的，但在发展的过程中，二者却又交互影响起来，其交互影响的情况甚为复杂，本文尚未能一一厘定，今但陈述其大略而已。

讲经变文的宣演，当时称之为俗讲，这种通俗化的讲唱，无论在内容、音乐、语言各方面，都无不华化。这只要从见存的写卷里就可以看出来。其实，俗讲的前身"唱导"就已经如此了，试观慧皎《高僧传》卷十五《唱导论》就提倡要"商榷经论，采撷书史"，而且"若为君王长者，则须兼引俗典，绮综成辞；若为悠悠凡庶，则须指事造形，直谈闻见"，再看《唱导传》里所记，与其所论亦完全吻合，兹举数例，以资参证：

《宋瓦官寺释慧璩传》："该览经论、涉猎书史。众技多闲，尤善唱导。"

《宋灵味寺释昙光传》："性喜事五经诗赋，及算数卜筮，无不贯解。"

《齐正胜寺释法愿传》："家本事神，身习鼓舞，世间杂技，及蓍爻占相，皆备尽其妙……愿又善唱导，及依经说法，率自心抱，无事宫商，言语此杂，唯以适机为要。"

于此可见南朝的唱导，已甚通俗，而唐人俗讲，也大致承受这一传统，只是有时还语涉鄙亵。由于从唱导到俗讲，都是在中土成长的，中华的习俗多为其所吸收。要从其中指定某一部分是受讲史变文的影响是很困难的。在这里，也许只能认定"话"之一体，是从民间的"说话"而来。其余就很难厘清了。

至于讲经变文影响到讲史的地方倒可以稍微说得具体些，兹条列如后：

（一）将原先称作"话"的，改成"变文"。考变文集里各篇的时代，固然多属晚唐五代的作品，但讲经变文则有早至玄宗朝的作品，讲史变文则出现较晚，可见"变文"之称，先起于讲经，然后施于讲史。

（二）俗讲都有押座文，但早期的"说话"却不见有类似押座的记载。后来云辩为二十四孝的故事作了押座文，于是，讲史也有了押座文。后世说书的定场诗，该是受押座文的影响吧。

（三）讲经变文，往往配有变相，如《大目乾连冥间救母变文并图并序一卷》，就其原题而知其必配有变相。在遇到要利用图画表现时，俗讲僧就用诗歌配合着吟唱，而开头就用一句"问阿娘消息处"或"向诸地狱寻觅阿娘之处"的话来交代。又如现存的《降魔变文》，有的写卷正面（给听众看的）是图脚，背面则是俗讲僧的唱词，而前面交代的话也是"……处"，有的则作"若为陈说"。总之，其目的是要从声、色两方面，使听众有所感受。讲史变文在唱词前面也常有"'看'李陵共单于火中战处"或"若为陈说"之类的语句。而且晚唐吉师老《看蜀女转昭君变》诗有"尽卷开时塞外云"的句子，而现存的王昭君变文也套用了"若为陈说"的话。可见讲经变文配合图画来表现的方法，也影响到讲史变文。后世的话本及通俗小说之有"全相"本、"绣像"本，该是有所承受的吧。

（四）从南朝的转读、唱导，到唐人的俗讲，都着重"声文两得"，与"说话"的偏重说白不同。然而，讲史变文则完全采用了俗讲的特色，也是声文兼施的。再者，如《汉将王陵变》还用了"而为转说"的话，吉师老的诗题，也作"看蜀女'转'昭君变"，这个"转"字，当从"转读"而来，而讲史变文仍然袭用，可见讲史变文的说唱错出，是袭自讲经变文。而且后世说说唱唱的俗文学，都是自此演化而来的。

总结以上意见，我以为讲经变文给我国的俗文学带来相当的影响，但把它看作后世一切俗文学作品的鼻祖，也是过分抬高其身价，与事实不合。换句话说，尽管没有变文的发生，我国后世大部分俗文学作品，如话本、通俗小说之类，还是会产生的，只是其形式、内容等方面，会有出入而已。

中编

正文

第一章　借花献佛变文

【说明】

收藏在英国伦敦大英博物馆，编号S.3050的写卷，文字简陋错杂，以前的学者不明白它演绎的是什么故事，只好拟题为《不知名变文》。其实仔细读读，就知道这篇纯用散文写成的变文，是在叙述著名的"借花献佛"的故事，只是由于文句错杂，一时不容易看出来就是了。提到"借花献佛"故事的佛经很多，最重要的有：（一）隋朝阇那崛多译的《佛本行集经》卷三、卷四的《受决定记品第二》，（二）南朝刘宋求那跋陀罗译的《过去现在因果经》卷一，（三）后汉竺大力和康孟详译的《修行本起经》卷上《现变品第一》，（四）三国吴支谦译的《佛说太子瑞应本起经》卷上，（五）西晋聂道真译的《异出菩萨本起经》，（六）三国吴国康僧会译的《六度集经》卷八《儒童受决经》，（七）西晋竺法护译的《生经》卷五《佛说譬喻经第五十五》，（八）姚秦竺佛念译的《菩萨处胎经》卷七《破邪见品第二十六》。

由于变文写卷错乱得太厉害，这里不得不根据隋朝阇那崛多译的《佛本行集经·受决定记品》的文字加以改写。幸亏这篇变文本来也就是根据这篇佛经改写而成，所以两者不会有太大的出入。

【故事】

在释迦牟尼还没出生的很久很久以前，在雪山①南边有个婆罗门②，名叫珍宝，道德既高尚，学问又渊博，还擅长各种咒术。他在深山里结茅草为屋，收了五百个少年为弟子。在五百弟子之中，以善慧最出色，他不但特别聪颖，也比其他同学来得用功。所以当他跟老师学了六年以后，在十六岁那年，已经将老师传授的种种咒术和工巧技能全都学会了，而且心里又惦记着阔别六年的父母，因此想辞别老师，回家省亲。珍宝喜欢善慧这个好学生，舍不得他下山，于是又将吠陀③论及其他秘密的咒术传授给他。聪明而用功的善慧不久又全学会了，师父只好放他下山，但告诉他说："我们婆罗门的家法，就是弟子学成以后，必须以一把清净的伞盖和皮鞋、金手杖、金瓶、金钵、上好的衣裙，以及五百个金钱献给老师，报答老师的教育之恩。"

善慧说："老师，我现在一无所有，不能报答您老人家，请老师允许我到各处寻找，找到以后再来供养师父。"

于是善慧披着他的鹿皮衣，留着一头长发，下山云游。

不久，他听说在离雪山一万多里远的输罗波奢城，有个极富有

---

① 雪山：梵语 Himalaya（喜马拉雅山），是雪藏的意思。在今中国和尼泊尔的边界上。

② 婆罗门：古印度的社会是阶级社会，分人为四等，最高的阶级是婆罗门（僧侣），其次是刹帝利（贵族），再次是吠舍（平民），最下的是首陀（奴隶）。婆罗门是净行高贵、博学多闻的人，虽似僧侣，但可娶妻生子。

③ 吠陀：Veda 是"明"的意思，吠陀是印欧语系中最古的文献。集雅利安民族从帕米尔高原南下至印度五河流域，占居雪山西麓、恒河流域间的赞歌，是婆罗门教根本的圣典。

的婆罗门，名叫祭祀德，为六万个婆罗门设了一个为期一年的无遮大会①。布施六万会众每人一把伞盖，以及皮鞋、瓶钵、衣裙、铜钱各物。另外还为辩论会的优胜者准备了许多贵重礼物：就是金柄的精致伞盖、上好的皮鞋、纯金的手杖、金瓶、金钵、价值百两金子的衣裙、五百个金币、一千头乳牛、五百个童女等。善慧听说了就立刻动身去参加盛会。

当善慧跋涉山川到达输罗波奢城的无遮会场时，会期已只剩下最后的一天。善慧年少英俊，又做山野的装束，一进会场，就引起大家的注意，以为他是下凡的仙人。善慧表明了身份，就跟当时优胜的婆罗门展开比赛与辩论，终于将原来优胜处于上座的婆罗门折服。再以讲解吠陀论受到六万会众的拥戴，登上上座，并接受奖品——他只取所需，而将乳牛与童女璧还。

当时，原来在上座的婆罗门心想：眼看就要到手的名利，竟给这少年夺走。于是暗中发誓：将来生生世世都要和善慧碰头，并且专门跟他过不去。

善慧得了种种施物，就想回雪山报答师恩。一路上经过许多聚落、村邑、城市，他都一一参观。有一天，他到了一座叫作莲花城的繁华大城市。城里不但洒扫得很整洁，而且布置得很华丽，好像要庆祝什么似的。善慧就向当地人打听，当地人告诉他，这是因为燃灯佛要来莲花城说法教化的缘故。

善慧一听燃灯佛要到莲花城说法，决定停在莲花城礼拜供养燃灯佛，祈求将来能证悟无上菩提②；至于报答师恩，只好以后另想办

---

① 无遮大会：是一种法会，不分贤圣道俗、贵贱上下，平等行"财""法"二施的法会。

② 菩提：相当于"道"。

法。然后他又想，究竟要用什么来供养燃灯佛呢？他晓得用钱财是不合适的。想来想去，他决定用美丽的鲜花，来表达他内心的敬意。

于是，善慧跑到花店买花，但花店的老板告诉他，国王有令，全城的花都得给国王，因为国王要以全城的鲜花来供养燃灯佛。跑遍了所有的花店，善慧连一枝花都买不着。善慧还不死心，穿过大街、走进小巷，私下访求。终于在一个井旁，遇到一个年轻的婢女，捧着瓦瓶来取水，瓶里藏着七茎优钵罗花①。他高兴得不得了，就冒失地冲过去说："姑娘，你藏着这些花要干什么？我想用一百个金币买你瓶中七茎花行不行？"

女孩子回答："不成。因为燃灯佛受国王之请，要到莲花城来教化；国王敬佛，所以下令全城的香油、鲜花只准卖给国王一人，由他来供养燃灯佛。我的邻居开了个花店，老板的女儿是我小时的玩伴，才肯悄悄以一百铜钱的价钱卖给我。我是要留着自己供养燃灯佛，建立功德用的。"

善慧又央求道："我知道你敬佛的诚心，那么你可不可卖给我五茎花，我给你五百个金币，你自己留着两茎来供养燃灯佛呢？"

女孩子说："你这么急着要我的花，到底要做什么用呢？"

善慧说："如来出世，难见难逢，既然有缘遭遇，我想买花供奉燃灯佛，种下善根，希望来世能求得无上菩提。"

女孩子被善慧的英俊挺秀所吸引，又被他诚恳的心意所感动，于是她说："我看你身心勇猛、爱法精进，将来必定会得到无上菩提。如果你答应我在还没有得到圣道以前，生生世世娶我为妻；在你得道以后，我就剃发出家，做你的弟子，求道做阿罗汉。要是你

---

① 优钵罗花：是莲花一类的花。

答应，我才将花卖五茎给你。"

善慧吃了一惊，说："我为了求道，在未来各生之中，对一切众生都要生怜悯之心，所有有求于我的，我都不应吝惜，连我的性命都须施给别人，对于所爱的妻子儿女及一切财物，更不能吝惜。如果你能同意我这样做，我才答应来生娶你为妻。"

小姑娘答应了，就将五茎优钵罗花卖给善慧，其余两茎也交给善慧，请他代为布施，以结来生的因缘。

善慧得到了花，赶到城门口，燃灯佛正要进城。善慧虔敬地许了心愿，将优钵罗花凌空抛出去，结果他的五枝花都是花基朝上，花瓣朝下，形成一个花盖护着佛的头顶；而小姑娘请他布施的两茎花则停在佛的两肩。

当时城里的群众都将他们最华丽的衣服铺在地上，供佛步行，善慧也脱下鹿皮衣铺上，众人嫌他的鹿皮衣不漂亮，一面骂他，一面将鹿皮衣扔得老远。善慧见到前面泥路有个大水坑，里面都是稀泥，没人铺上衣服，他连忙捡回他的鹿皮衣铺上去。看看鹿皮衣还不能将水坑铺满，于是他又将自己的身体脸朝下地铺上去。还披散长发，把整个水坑铺满，让燃灯世尊从他的身体和头发上走过去。世尊被他的诚意所感动，就当着大众说："在无量劫以后，你必定可以成佛，号为释迦牟尼！"

善慧就是后来释迦牟尼的前身。输罗波奢城的上座婆罗门，就转生为释迦牟尼的堂弟、斛饭王的儿子提婆达多，为了善慧夺了他的利养，而专门跟他作对，不过后来还是证了道。卖花给善慧的小姑娘，后来成了释迦牟尼成佛以前的妻子耶输陀罗，后来也出家为释迦牟尼的弟子，证阿罗汉果。

第二章　太子成道变文

【说明】

　　叙述太子成道故事的变文很多，但多残缺不全，最完整的有《太子成道经》和《八相变》两篇，这里就参酌这两篇，改写为白话文。佛经里有关太子成道的篇章更多，但这里并不采取，只根据变文的材料来叙述。为了读者方便，将有关的主要经典名称列举于后，以供参考：

《修行本起经》

《太子瑞应本起经》

《普曜经》

《方广大庄严经》

《异出菩萨本起经》

《过去现在因果经》

《佛本行集经》

《佛本行经》

《佛所行赞》

《佛说众许摩诃帝经》

《长阿含经》卷一《大本经》

《大方广善巧方便经》卷二、卷三

《大般涅槃经》卷二十一（《涅槃经》不止一种译本，这里指的是昙无谶的译本）

《根本说一切有部毗奈耶破僧事》卷二、三、四、五

《悲华经》卷六《诸菩萨本授记品第四》之四《佛说十二游经》

《慧上菩萨问大善权经》

此外，《释迦谱》《释迦氏谱》《经律异相》卷四、《法苑珠林》卷八、九、十、十一、十二、《佛祖统纪》《佛祖通载》等书都是杂采各经，重新组织，备述原委的著作，都可以参考。

【故事】

释迦如来的前生在过去无量世，往往生在波罗奈国①，每一生他都发下四弘誓愿："一，众生无边誓愿度；二，烦恼无数誓愿断；三，法门无尽誓愿知；四，无上菩提誓愿证。"所以常常不惜身命，以自己的身体以及一切财物施给众生。例如：他的前生在慈力王的时候②，见到五个夜叉③，为饥火所逼，想吃人的血肉，慈力王哀悯他

---

① 波罗奈国：Vāranasa，国名，在恒河旁边。有人译作"江绕"，有人译作"鹿野"，有人译为"诸佛国"，释迦说法的"鹿苑"就在域外。

② 释迦前生舍身布施的故事太多，这里只举其出处。

慈力王以身布施五夜叉——出《菩萨本生鬘论》卷三《慈力王刺身血施五夜叉缘起第八》。

歌利王节节支解——出《金刚经·离相寂灭分第十四》。

尸毗王割股救鸽——出《菩萨本身鬘论》卷一《尸毗王救鸽命缘起第二》。

月光王施头——出《大方便佛报恩经》卷五、《贤愚经》卷六《月光王头施品》。

宝灯王剜身燃灯——出《大方便佛报恩经》卷二。

萨埵太子舍身济饥虎——出《贤愚经》卷一《摩诃萨埵以身施虎品第二》。

悉达布施（按：悉达当作须大拏）——出《太子须大拏经》。

③ 夜叉：Yaksa，又作药叉，译为能啖鬼、捷疾鬼，就是吃人的恶鬼。

们，就将自己的身体喂五夜叉；当他前生在歌利王时，被歌利王截耳、割鼻、削手；在尸毗王时，为了救鸽子的命，割自己腿上的肉去喂饿鹰；在月光王时，他身为月光王，为了求得智慧，将头施给婆罗门；在宝灯王时，他将自己的身体剜了千疮，供养十方诸佛，还在身上燃了千盏灯；在萨埵王子时，舍身给饿虎；在须大拏太子时，他将一切财物布施给一切饥饿贫乏的人，使他们都饱满。他在波罗奈国，生生世世，舍身舍命，经过无数劫的苦行，修炼身心，到功充果满时，才成佛位，出现在娑婆世界，教化众生。当他还没有出生为悉达太子之前，他是暂处在知足天的天宫里。

话说在印度的迦毗卫国，有个国王叫净饭王。有一天晚上他梦到一连下了几局棋都输了，不知是何吉凶，于是在第二天上朝的时候，就问臣子这个梦是什么征兆。有个大臣回答说："大王！因为官中无'子'，所以才会梦到'棋子'连连输掉。"

净饭王本来也一直为了宫中没有太子，时常闷闷不乐，于是就问大臣有什么法子可以求得太子。大臣又奏大王说："城南河的对岸有座天祀神庙，最为灵验，应该到那儿去求子。"

于是净饭王吩咐安排銮驾，和夫人摩耶率领了卫队宫女，浩浩荡荡，到达神庙。大王亲自倒酒祭神，并且发声祷告说：

拔棹乘船过大江，神前倾酒三五缸；
倾杯不为诸余事，男女相兼乞一双。

摩耶夫人听了大王的祷告，觉得他太贪心了，她认为不论男女，只要有一个孩子就行了。于是夫人默默许愿：要是能生儿子，神像头上的伞盖就向左转一周，如果生女儿，伞盖就向右转一周，然后她发声唱道：

> 拔棹乘船过大池，尽情歌舞乐神祇；
>
> 歌舞不缘别余事，伏愿大王乞个儿。

这时，神像头上的伞盖居然向左转了一圈。

不久，夫人在彩云楼上做了个梦，梦到太阳从天而降，太阳里有个漂亮的孩子，骑在六牙白象背上，从她的喉咙穿进去，就停在她的右胁。于是夫人就怀了身孕。

怀孕期间，夫人时常很担忧，愈是临月，心情愈紧张。大王就安排许多彩女嫔妃，陪夫人到花园里的无忧树下游玩，让夫人宽心。她们正玩得开心的时候，夫人忽然觉得要临产，于是姨母波阇波提抱着腰，夫人手攀无忧树，而太子就从袖里诞生，彩女赶紧用金盘承接太子。

太子一出生，感得九龙吐水，沐浴一身，而且有莲花捧足，东西南北各行七步，一手指天，一手指地，只称："天上天下，唯我独尊。"这些异相，震动了内宫和外廷，有人以为是吉祥，有人却认为是灾异。

有个大臣坚决地说："大王！太子一定是妖精鬼魅，一定要将他抛弃或弄死，否则对国家不利！"

有些大臣也推波助澜地附和着。当时文殊菩萨深恐众口铄金，损伤了太子，赶忙变化成一个朝臣，出班奏道："大王审察，诸臣是凡眼不识异圣。大王如不相信，南山有一位阿斯陀仙人，修行多年，道行高深，只要请他前来占相，就能明白。"

净饭王一听有理，就派遣使臣去山中聘请仙人。仙人入宫，大王就将太子不可思议的异相一一告诉仙人，并且命人将太子抱出来，请仙人占相。仙人一见太子，忽然连声叹息，泪流满面。大王吓了一跳，以为太子真是妖精来投胎，连忙问仙人到底是怎么一回事。仙人说："太子是出世之尊，不是世间凡人，将来必定证道；只是当他成佛时，我已不在世上，不能亲眼看到，教人好不伤心。大王如不相信，可以带太子到城南的神庙去看看，自会有灵异的事发生。"

大王想起以前求子的事，于是又广排仪仗，以太子随驾，再到神庙去。这时北方天王知道此事，立刻先到神庙向神像大喝一声说："将来要成佛的人就要到了，你怎可失礼？"泥塑的神像居然一步一拜，跑到五里外大王马前叩头请罪。大王觉得很奇怪，就问泥神："你平常只是端坐受拜，今天为何向我下拜？"

泥神说："我不是来拜迎大王，而是来拜迎太子的，因为太子不是凡人，将来在家必定做转轮圣王，出家必定证成佛位。"

大王回宫后，一则以喜，一则以忧，喜的是有个不凡的太子，忧的是唯恐太子长大后要出家。

太子日渐长大，学习各种学问技艺，无不精通；但他总是不喜声色之娱而忧愁不乐。大王得知，也很忧闷，就跟大臣商量。有几位大臣向大王奏道："'主忧则臣辱，主辱则臣死。'我有个计策，为大王解忧。"

大王问他们有什么妙计，群臣说："太子不染色欲，是因为他没有见过绝色美人，而太子性好施舍，我们找许多美女进宫，让太子送她们礼物，见到太子喜欢的，就将她留在宫中陪伴太子，甚至可以娶为太子妃。这样一来，太子就不会出家了。"

大王大喜，立刻命令照办。于是大家为太子准备许多珍宝，又特别装饰了一座华丽的宫殿。同时，全国贵族听说这一消息，都将自己的女儿装饰了璎珞，到宫中赴会。太子就一一都送给她们每人一样珍宝。

当时，有一个大婆罗门，名为摩诃那摩，他有个女儿叫耶输陀罗，容色端正，世所稀有。她受父命，也来参加盛会，由于宿世因缘①，太子将其他珍宝施与众女，而独独将自己戴着的指环送给了耶输陀罗。于是，两人结为夫妇，相敬如宾。

有一次，太子随父王到乡间巡视，正遇到耕作的时候。太子见到农夫耕田，甚为辛苦；又见到农夫翻其泥土，将土中的小虫翻出来，鸟雀争相啄食。太子见了，心里不忍，就在大树下寂然而坐，思念欲界苦恼。回宫以后，闷闷不乐。

净饭王见太子发闷，就派遣马夫车匿备好朱鬃白马，陪太子出城观赏。他们才出东门，见到一人匆忙赶路，神色仓皇，太子叫车匿去问那人有什么事，那人说：

我家有子在临胎，千般痛苦诞婴孩；
父子匆忙重发愿，只愿平善不逢灾。

太子听了，迷闷忧烦；回到宫中，了无喜悦。净饭王见太子忧愁不乐，更添许多音乐来愉悦太子，但太子完全提不起兴致；只是吩咐车匿，来晨备妥朱鬃白马，到南门观看。

第二天清早，方出南门，就见到一个老人——发白如霜，鬓毛似雪，眉中有千里碎皱，项上有百道粗筋，双目则泪泪长垂，两手乃牢扶拄杖，缓行慢行，粗喘细喘。太子叫车匿去问这是什么人，

---

① 宿世因缘：见《借花献佛》篇。

车匿问了好几声，那老人才喘息着说："我是桑榆晚景的老人。"然后又道：

> 少年莫笑老人频（贫），老人不夺少年春；
> 此老老人不将去，此老还留与后人。

太子听了，更积愁忧，叹息回宫。父王又派许多彩女来相劝，但太子仍然是无心欢悦，有意忧愁。

翌日，太子又带了车匿往西门巡行。看见一人躺着，形容瘦损，有个药碗，放在头边，喘息不安，不断在辗转呻吟。太子派遣车匿去问那是什么人，那人回答："我是病人。"然后他说：

> 拔剑平四海，横戈敌万夫；
> 一朝床上卧，还要两人扶。

太子听了即便回宫，忧愁不止。

又一天，太子带车匿出北门巡游，在郊外见一具尸体躺在地上，已经膨胀坏烂，旁边有亲人在哀啼号哭。太子又叫车匿去问那是什么人。丧主回答："这是死人。"太子又问只有他会死，还是别人也会死，丧主说："每一个人都难逃死这一关，死相都是一样。"然后他说：

> 国王之位大尊高，煞鬼临头无处逃；
> 死相之身皆若此，还漂苦海浪滔滔。

太子回宫，都无喜色。父王听说太子过分愁苦，便亲自来劝勉他，但太子因深受生、老、病、死诸苦所感，依旧是愁聚两眉，泪流双眼。

又有一天，太子又和车匿出城巡游，见到一个和尚。太子又叫车匿去问他是谁，和尚说他是和尚，太子又问什么是和尚，和尚说："和尚是舍割世间恩爱，断除烦恼，一心探讨生命的究竟，勤求佛果菩提的人。"

太子闻说，欢喜异常，回到宫中。父王听说太子欢喜，这才放下心来。

当太子逐渐体会到人生世事的无常时，有一夜，他听到天上有声音说："太子，修行的时间到了，为什么还不动身？"

太子回答说："父王怕我出家，派了五百个太监日夜看守着我，我怎能脱身出家呢？"

天神说："我派一个瞌睡神到下界好了。"

不久，全宫的人都沉沉睡着，只剩车匿清醒，为太子准备了朱鬃白马，牵到阶前。太子一上马，四大天王就捧着马蹄，越过深锁的宫禁城门，来到雪山，正是：

楼头才打三更鼓，寺里初声半夜钟；

一似门徒弹指顷，须臾便到雪山中。

太子为绝尘埃而割舍，辞妄想以攀缘，登嵯峨险峻的奇峰。在雪山上立坚贞的宏愿，求无上的菩提。他为专精圣道，而独住山间，有时一天里只以一麻一麦为斋，又专心于禅定，以致肉尽肋现，如坏屋之椽；两眼深陷，如井底之星；甚至有飞雀在他头顶乱发中做巢产卵。这样苦修了六年，在腊月初八早晨，太子下山到尼连禅那河，洗除身上的积垢。由于苦修时久，身体衰弱，洗清垢腻以后，竟无力上岸。天神见了，连忙为他按下河边的树枝，让他攀缘而上，进入树林。这时，林外有个叫难陀波罗的女子正在牧牛，天神又告诉她太子正在林中，要她前往供养。难陀波罗立刻以钵盂盛乳糜到林中，头面礼足，奉上太子。太子受施，感激难陀波罗的善心，先祝福她"得赡得喜，安乐无病，终保年寿，智慧具足"，然后再咒愿说："我为成熟一切众生而受此食。"

太子吃了乳糜，身体显得有光泽，而且气力充足。这时，有个牧人刚割了许多青草从他身边经过，太子问他这是什么草，牧人回答道："这是吉祥草。"

太子听了，非常高兴，心想："我不是正要破除不吉，以成吉祥吗？"于是请求牧人将吉祥草布施给他，太子将吉祥草铺成座位，在草上结跏趺坐，而且发誓说："不成正觉，不起此座！"

就在这吉祥座上，太子终于觉悟了无上菩提。

（在太子即将成道之际，魔王波旬用种种方法来扰乱他，有一篇《破魔变文》，专门叙述这一段故事。）

第三章　破魔变文

【说明】

《破魔变文》是叙述当佛苦修六年，将要成道之际，魔王波旬设法来扰乱败坏他，而终为佛所破的故事。这是佛教里很著名的传说，很多种佛经都加以记载，最重要的有以下各种：

《太子瑞应本起经》卷上

《普曜经》卷五《召魔品第十七》及卷六《降魔品第十八》

《方广大庄严经》卷九《降魔品第二十一》

《过去现在因果经》卷二十七《魔怖菩萨品第三十一》上，以及卷二十八中篇、卷二十九下篇

《佛说众许摩诃帝经》卷六

《佛所行赞》卷三《破魔品第十三》

《佛本行经》卷三《降魔品第十六》

《大方等大集经》卷四十三《日藏分念佛三昧品第十》

《佛说观佛三昧海经》卷二《观相品》

《菩萨处胎经》

《根本说一切有部毗奈耶破僧事》卷五

《杂宝藏经》卷七《佛在菩提树下魔王波旬欲来恼佛缘》

其他如《释迦谱》卷一、《释迦氏谱·悟道乘时迹第六·降魔显

德相》、《法苑珠林》卷十一《千佛篇》等都叙述类似的故事。

变文和诸经所记仍稍有出入，最重要的有两点：（一）除了《佛说观佛三昧海经》及《根本说一切有部毗奈耶破僧事》之外，各种佛经都是说魔王波旬先派魔女来诱惑释迦牟尼，失败以后，魔王才集合魔军来攻打，而变文却先述魔军攻打，战败后才由魔女来诱惑；（二）各种佛经叙述魔女诱惑如来时，对魔女所做的种种媚态都有细腻的描写，但变文却将其删除，而用比较平淡的表现方法。这些可能跟我国当时的风俗习惯有关。

这里完全依照变文的故事来叙述，只有魔女的名字是根据《佛说观佛三昧海经》补上的。

【故事】

瞿昙悉达太子为度众生，弃舍王宫在雪山苦修了六年，在腊月初八早晨下山于尼连禅那河沐浴，洗除身上多年的垢腻，遇牧女献乳糜，然后在吉祥草铺成的座上结跏趺坐。当他登上吉祥座时，魔宫发生了极大的震动，魔王波旬急忙观察下界，看到悉达太子快要成登正觉。魔王波旬心想："要是让他成道，化度众生，大家都向善，谁来做我的门徒？不如先下手为强，先集合徒众去杀害他，除掉'祸根'。"

于是魔王敲金钟，集合百万邪神鬼怪，部勒为声势浩大的阵容，魔王亲率大军，发动总攻击。一时强风忽起，拔树吹沙，天地昏暗，不辨东西。瞬息之间，魔军直抵菩提树下。

如来知魔军到来，为了降伏邪魔，于是着忍辱甲、执智慧刀、弯禅定弓、端慈悲箭、骑十力①马、下精进鞭。魔军发动总攻击，结果是：喷烟吐焰之辈，反被自烧；戴石擎山之徒，自沉自坠。他们弓欲张而弦即断，箭欲发时花自生，枪未盘而自折，剑未轮而刃落。而且迅雷翻为梵响，电子变成珍珠，猛火毒烟也化为檀檀香雾。魔王和妖怪的一切魔术都施展不开，连忙退军。

魔王波旬回到魔宫，怒气未消，还想设计陷害如来。魔王的三个女儿见魔王愤怒不息，就向魔王献计说："瞿昙悉达从小生长在深宫里，习惯了声色之娱，而且他现在还年轻，正是贪欢逐乐的时候，只要我们姐妹三人下凡去诱惑他，他就必定不能证成无上菩提了。"

波旬大喜，让她们依计行事。三个魔女本来就是绝色美人，无人能比，这时又刻意打扮了一番，再召六宫彩女前引后随，左右拥护，歌舞齐施，管弦并奏，来到菩提树下，吉祥座前。

老大首先向前，搔首弄姿说："世尊！世尊！人生在世，能得几时？如不及时行乐，虚过一生，还有什么意思？奴家美貌，实是无双，本来不该自夸的，但的确是世间少有的美人，我想跟你结为琴瑟。"

于是魔女唱道：

劝君莫证大菩提，何必将心苦执迷？
我舍慈亲来下界，情愿将身作夫妻。

---

①　十力：如来之十力，一、知觉处非处智力；二、知三世业报智力；三、知诸禅解脱三昧智力；四、知诸根胜劣智力；五、知种种解智力；六、知种种界智力；七、知一切所至道智力；八、知天眼无碍智力；九、知宿命无漏智力；十、知永断习气智力。

佛在吉祥座上正色答道：

我今愿证大菩提，说法将心化群迷；
苦海之中为船筏，阿谁要你做夫妻！

老二赶快上前说："世尊！世尊！你是金轮王氏，帝子王孙，却
抛弃了王位，独在山中寂寞。我的来意是想在山中陪你，帮忙扫地、
焚香、取水，就是世尊不在的时候，也得有个人帮着看家守舍呀。"

魔女又唱道：

奴家爱着绮罗裳，不熏沉麝自然香；
我舍慈亲来下界，誓将纤手扫金床。

佛答道：

我今念念是无常，何处少有不烧香；
佛座四禅本清净，阿谁要你扫金床！

老三连忙接着说："世尊！世尊！奴家是老幺，年纪还轻，美
丽无双，聪明少有，最得父母宠爱。天宫的帝释梵王常来提亲，父
母还嫌他们门第卑下，不肯答应哩！我见世尊长得英俊，出身高贵，
而且文武双全，所以才抛弃父母下凡来，我不敢有跟佛结为夫妻的
念头，只想在身边服侍你。"

魔女唱道：

阿奴身年十五春，恰似芙蓉出水滨；

帝释梵王频来问，父母嫌卑不许人。

见君文武并皆全，六艺三端又超群；

我舍慈亲来下界，不要将身作师僧。

佛陀完全不为所动，答道：

汝今早合舍汝身，只为从前障佛因；

火急速须归上界，更莫纷纭恼乱人。

三个魔女见佛意志坚决，但还不肯死心，做出种种媚态来诱惑佛陀。于是世尊将手一指，三个美艳妖冶的魔女旋即化为丑陋的老太婆，眼窝像碗一样陷下去，脸色像烧焦的木头，额阔头尖，胸高鼻曲，发黄齿黑，眉白口青，整个颜面只剩一层皱皱的脸皮裹着个骷髅，脖子细细长长活像个擀面棍子，浑身锦绣，变成两幅布裙，头上梳钗，化作一团乱蛇。三个相看，大惊失色，赶紧拿出镜子看看自己的模样，一照之下，只见自己空留百丑之形，不见千娇之貌，这才知道"不是天为孽，都缘自作灾"，只好跪在佛陀座前苦苦哀求，诚恳认错。

佛心慈悲广大，见魔女诚心忏悔，就原谅她们，恢复她们原来的美貌。魔女回到魔宫，报告魔王波旬说世尊已成正觉，劝魔王不要再转坏念头了。诗云：

鬼女忏谢却归天，欢喜非常礼圣贤；

故知佛力垂加备，姐妹三人胜于前。

女见魔王说本情，瞿昙如来道果成；

我等三人总变却，岂合不遂再归程。

倾心礼拜求哀忏，方始来容罪障轻；

此际世尊成正觉，魔王从此莫多声。

第四章 降魔变文

【说明】

《降魔变文》是已公开的变文中，可考知年代最早的一篇。其主要的理由有二：

第一，这一篇还保留了由讲经文转变为变文的痕迹。因为这一篇本来是为讲解《金刚般若波罗蜜经》而设的，但由于本身已具体，所以独立成为一篇变文。按，《金刚般若波罗蜜经》的开端是："如是我闻，一时，佛在舍卫国祇树给孤独园，与大比丘众，千二百五十人俱……"

而《降魔变文》则草草解释了经题，就在"祇树给孤独园"下功夫，而多采用《贤愚经》卷十《须达起精舍品第四十一》、《根本说一切有部毗奈耶破僧事》卷八的内容，大肆敷衍，以至于将附庸蔚为大国。本来要解释佛说法的地点——祇树给孤独园，可繁可简，最简单的解释就是——这座花园是祇陀太子和宰相须达施的，由于园树是由祇陀太子提供的，园地由须达奉献，而须达是个慈善家，时常供给孤独贫困，大家称他为给孤独长老，用两位施主的名号命名，所以称为"祇树给孤独园"，也就够了。而此篇则采取最繁的解释，缕述其原委，因而可独立成篇。

第二，此篇成立的年代当在唐玄宗天宝七载（784年），变文中可明白考见年代的，无出其右。因为此篇在开场白里颂扬当朝皇帝，称唐玄宗为"开元天宝圣文神武应道皇帝"，而《旧唐书》卷九《玄宗本纪下》云："天宝七载三月乙酉，大同殿柱产玉芝，有神光照殿，群臣请加皇帝尊号曰：开元天宝圣文神武应道。许之。……五月壬午，上御兴庆宫受册徽号。"

《唐会要》卷一"帝号上"云："元（玄）宗至道大圣大明孝皇帝讳隆基，……延和元年七月五日即位（年二十八）。先天二年十一月，上尊号开元神武皇帝。开元二十七年二月七日，加尊号开元圣文神武皇帝。天宝元载二月十一日，又加尊号开元天宝圣文神武皇帝。七载五月十三日，又加尊号开元天宝圣文神武应道皇帝。八载闰六月五日，又加尊号开元天地大宝圣文神武应道皇帝。十二载十二月七日，又加尊号开元天地大宝圣文神武孝德证道皇帝。至德元载七月十二日，传位，册为太上皇帝。乾元元年正月五日，加尊号太上至道圣皇天帝。元年建巳月五日，崩于神龙殿（年七十八）。广德元年三月辛酉，葬泰陵（在京兆府奉先县界），谥曰：至道大圣大明孝皇帝，庙号元（玄）宗。"

因此，《降魔变文》成立的时间应在天宝七年五月十二日，到天宝八年闰六月五日之间，否则不会在歌颂当朝皇帝时称之为"开元天宝圣文神武应道皇帝"。因为唐人称皇帝是有规矩的，像沈既济的《枕中记》，假设主人公卢生是玄宗朝人，其中有一段文字是："是岁，神武皇帝方事戎狄，恢宏土宇。会吐蕃悉抹逻及烛龙莽布支攻陷瓜沙，而节度使王君㚟新被杀，河湟震动。帝思将帅之才，遂除生御史中丞、河西道节度。"

据新旧《唐书·玄宗本纪》及《王君㚟传》，王君㚟被回纥所杀是在玄宗开元十五年九月庚申，这时玄宗的尊号正是"开元神武皇帝"。而玄宗崩后的《张淮深变文》及《维摩诘所说经讲经文》提到玄宗时，则都称他的庙号——玄宗。可见《降魔变文》的年代是可以确定的。

此篇变文故事虽多本《贤愚经》，但仍有些变动，而且有的还改变得不太好，以下略依佛经所记，稍作改正。

【故事】

从前南天竺有一个大国，都城是舍卫城，国王是波斯匿王，宰相是须达，当时释迦牟尼在世，但佛法还没有传到舍卫城。

须达有七个子息，只剩他最喜欢的小儿子还没成家。有一天，他选了个使者，开了府库，取出黄金千两，白玉数环，软锦轻罗千张万匹，用百头壮象驮着，要使者到外国为他儿子物色佳偶。

使者到了另一大国——王舍城，一路物色，忽然看到释迦牟尼的侍者阿难正在乞食，使者觉得很稀奇，就注意他的行动。这时，阿难正在一座富丽的大宅前振锡持盂，抗声乞食。大门一开，出来一位仪貌绝伦的姑娘，施食给阿难，并且五轮投地，向阿难请安。使者就到附近打听这一户人家。当地人告诉他，那是王舍城宰相护弥的宅第。使者就去求见，并且提出纳采之意。护弥久仰须达大名，就欣然同意。使者立刻回报须达。

须达得知，非常欢喜，就大载珍宝，往王舍城进发，一路上还不忘赈济贫乏。

到了王舍城护弥家里，须达见护弥一家，忙忙碌碌，将屋子亭园都布置得非常富丽，还准备了许多斋供。须达觉得过意不去，以为主人为了嫁女要请帝王来观礼。护弥告诉他是要请佛降临说法。须达从来就没听过佛的名号，可是一听到佛的名号，忽然有种异样的感觉，就问护弥什么是佛，护弥就为他约略说明了一下。须达听了，渴仰之情不离心腑，想要立刻就去谒见慈尊。

护弥告诉他："佛现在住锡的地方离此不远，就在城外的耆阇崛山；但是今天天色已晚，城门关闭，明天再去不迟。"

须达既闻佛德，不能安寝，一直盼望天亮。如来被他的至诚所感，就放毫光，照彻天地。须达就循光而行，到了城门，守门的兵卒以为天晓，就打开了城门。须达到达佛所，佛感他至诚，就为他说四圣谛、苦空无常的道理。须达听了，豁然开悟，悲喜交集。恳求佛陀到舍卫国弘法：

> 须达佛心□（已）开悟，眼中泪落数千行。
> 弟子生居邪见地，终朝积罪事魔王；
> 伏愿天师受我请，降福舍卫作桥梁。

佛知善根成熟，就答应他到舍卫国传道，但告诉他，必须广造殿塔，多建堂房，以便容纳众多弟子。又以须达久事外道，不识轨仪，就派遣弟子舍利弗相随，指导法式。须达立刻选了两头壮象，上安楼阁，和舍利弗回到舍卫城。

到了舍卫城，须达就和舍利弗四处寻找适合兴建伽蓝的地方。先出城东，遥见一座花园，花果极多，池亭甚好，须达停鞭问舍利弗："这一花园合适不合适？"舍利弗说："花园虽然美丽，但葱蒜极多，臭秽熏天，不堪圣贤居住。"他们又骑象到城西，见到一园，倍胜于前，须达又问是否合适，舍利弗说："这里曾经是屠宰场，血腥臭秽，不堪住止。"他们来到城北，又见一园，林木滋茂，须达又问，舍利弗说："花园很好，但周围环境太差，多酒坊娼妓之室，长众生之昏暗，滋苦海之根源，不可。"巡游三处，舍利弗都不同意，须达心中很着急，担忧是不是佛与舍卫国无缘。最后，他们又出城南，去城不远不近，见一花园，三春九夏，物色芳鲜；冬际秋初，花开依旧。草青青而吐绿，花灼灼而开红，千种池亭，万般果药，香芬芳而扑鼻，鸟噪聒而和鸣。祥鸾瑞凤，争呈锦羽之晖，玉女仙童，竞奏长生之乐。须达迫切问道："前面三处，都不合适，请看这一花园是否合意？"舍利弗收心入定，观此园亭，然后说："此园吉祥，修建伽蓝最为合宜。"

　　须达听了，非常高兴，就找看园的人来问园主是谁，园人告诉他，园主是祇陀太子。须达告诉舍利弗，他要到东宫去跟太子商量买园①，无论价格高低，非买下来不可。

　　于是，须达直至东宫，晋见太子，说他为了要替如来起立精舍，见太子的花园很好，想要买下来。太子笑着说："我又不缺钱用，而此园花木茂盛，是我散心的地方，我为何要卖掉呢？"须达再三恳求，太子还是不肯，但给须达弄得不耐烦，就想开个很高很高的价钱，让须达为难，就说："如果你能将园地铺满黄金，不留一点空隙，树上则挂满银钱，我就卖给你。"

　　须达立刻回答："好！就这样说定了。"

　　祇陀太子赶快说："我只不过在开玩笑，不要当真。"

　　须达不容太子翻悔，两个就争论起来。由于相持不下，他们就

---

　　① 以下须达买园，与太子争论一段，采自《贤愚经》。因为《降魔变文》说须达用欺骗的手段买园，过分违背佛经本旨，所以不拟采取。

一同出门，想找个评理的人。这时首陀天①唯恐坏了善事，化成一个老人来为他们评理。他先责备须达不是，平复太子的怒气，然后对太子说："身为太子，就不应妄语，已经定下价格，就不宜翻悔。"并且立下契约。

须达心中欢喜，立刻开了库藏，搬出黄金，选了百头马，驮运黄金，从园里向园门铺出来，八十顷的花园，眼看就要铺满，只剩门口一块地方还没铺上，须达运来的黄金已经用完。须达正在考虑再开哪一库藏来铺，太子见他沉吟不语，就说："你现在犹豫不决了？要后悔也还来得及。"

须达说："我怎会后悔呢？就是要我用肉身铺地，我也要将它买下，何况只是身外之物的钱财，我怎会对佛吝惜？佛世难值，历永劫而一逢，若不把握时机表达恳切精诚的心意，将来后悔可就来不及了。"

太子听了，问他为什么对佛这般崇敬？须达将佛德稍作陈述，太子听了，深受感动，就说："佛的盛德如此，你还没铺满的地方，就由我施作门楼，所有树木，也由我施舍。"

于是君臣唱和，准备合力兴建伽蓝，先出榜召集工匠，设计图样：

布金既了情瞻仰，火急须造伽蓝样；

不惜珍宝及金银，榜召国中诸巧匠。

三门楼下塑金刚，院院教画丹青像；

---

① 首陀天：就是五净居天。色界第四禅，证不还果之圣者所生之处，就是：一、无烦天，无一切烦杂之处；二、无热天，无一切热恼之处；三、善现天，能现胜法之处；四、善见天，能见胜法之处；五、色究竟天，色天最胜之处。

侠阁精舍及房廊，见者亦得除灾障。

琴筝悬在四隅头，风吹万道声嘹亮；

亦有箫笛及箜篌，铜钹琵琶对方响①。

说法高座宝座严，炉焚牛头香供养；

九品随愿往来生，迦陵频伽空里扬。

长者虔心造精室，诸佛菩萨空中望；

祇陀太子发弘心，愿得菩提牙渐长。

太子与须达要兴建伽蓝，被舍卫国的祭司——六师知道了，他非常气愤，认为释迦牟尼侵犯了他的势力范围，咬牙切齿说：

乍可决命一回，不能虚生两度。

门徒尽被誃将，遣我不存生路。

到处即被欺陵，终日被他作祖。

帝王尚自降他，况复凡流下庶。

吾今怨屈何申？须向王边披诉。

六师匆忙赶到龙廷，敲击怨鼓，然后向波斯匿王报告："现在有祇陀和须达，没有奏明天廷，就在外国勾引胡神，要来迷惑平民。瞿昙悉达他自称是佛，既不奉养父母，又不礼敬君王，自己不从事生产，逢人就给剃头。他妄说什么天堂地狱，根本就没有人看过。如果让他到这里来，恐怕要损国丧家。臣今露胆披肝，伏望圣恩照察。"

---

① 方响：乐器石，从铜磬演变而来。多铜铁制，亦有玉制者，共为长方形十六片，以各片之厚薄分音之高下，排置一架，分为两行，皆斜倚之，用小槌击之而发声。盖流行于唐宋。

王家太子国之尊，岂合外国引胡神？
逆臣须达为头首，勾扇妖讹乱正真。
直为瞿昙多幻术，不忠不孝仕于君；
君王不朝父母拜，轻凌尊贵敬愚人。
伏望大王开宝镜，今日回光照察臣。

六师陈情重奏，伛脊曲躬低首：

我等所护神通，累岁淹年积久，
灵异应现千般，合国谙知我首。
想念我之功劳，一一从师禀受。
小人今日奏王，特望天恩纳佑。

六师重奏于王曰：

臣今有事依实说，贼臣逆子设阴谋，虑恐国破民消灭。
须达本意请胡神，城中广拟行妖孽。
败我正法不思议，远请奸邪极下劣。
此是猥僻不堪依，伏愿明君为照察。

大王告诉六师无须着急，他会查明真相，如果太子与宰相犯了罪，一样要受诛的。于是大王召见祇陀与须达，特别责问须达：为何买园建寺？为何在外国勾引胡神？瞿昙是否能比六师强？

须达陈情而启奏：

臣仕玉阶年月久，倾肝露胆每兢兢，不曾分寸行虚谬。

若将外道并如来，状似嘉禾而比莠；

佛身堂堂长丈六，外道还同萤火幼。

四大海水纳毛端，五色神光出其口，

梵释天王恒前引，八部龙神皆从后。

岂将一个汗虾蟆，敢当大圣麒麟斗！

大王叫须达不要夸口，先说说佛的生平如何。须达就乘机将如来的家世、修行的经过，以及道德、神通等一一说明。大王听了很欢喜，但认为口说无凭，必须当面试练才能算数，于是问须达："你的师父，能不能跟我们的国师较量高下？"

须达说："千钧之弩，岂为鼷鼠发机？百尺炎炉，不为毫毛蓺焰。用不着如来亲自出马，只要他的弟子舍利弗就行了。"

于是大王定下时间，下敕百司，在城建立道场。佛家若强，王与全国人民，全部改信佛教；如有分毫差失，祇陀与须达都要受诛。

须达回家，向舍利弗说明此事，问舍利弗能否赢得了六师，舍利弗请他放心，认为必胜无疑。可是快到了比试的时间，却遍寻舍利弗不得，须达焦急万分，一直找到郊外。有个牧童告诉他，看到一个秃头小儿，在柳树下睡着了。须达跑到树下行礼说："现在是什么时候？和尚岂可不知缓急，在这里睡觉？"

舍利弗没有回答，因为他正在入定，运用神通，到灵鹫峰向如来请示。如来赐给他锦襕袈裟，作为护身法宝，舍利弗才从定中起来，跟须达准时到达比试的道场。

波斯匿王见双方都到场了，全城百姓也都来到城南观看，就分配场地：佛家东边，六师西畔，王在北面，官庶南边。六师获胜就敲鼓而颁发金筹；佛家若强就扣钟而在金牌上点尚字。两家可以任施神通，没有任何限制。说明以后，宣布比试开始。

外道方面推选了一个法术最精通的劳度叉①为代表，外道们簇拥着他坐在两边的宝帐里。舍利弗则升上东边的狮子座，说："佛法之内，不立人我之心，现在是对方要排斥佛法，不得已而显正摧邪：现在劳度叉有何变现，即请施张。"

劳度叉一听，也不逊让，就作法化出大树，枝叶婆娑，蔽日千云，耸干芳条，高盈万仞。祥禽瑞鸟，遍枝叶而和鸣，翠叶芳花，周数里而陡暗。大众见了，莫不惊嗟。

舍利弗见了，不慌不忙，化出风神，风神解开风袋一吹，当时地卷如绵，石同尘碎，枝条进散他方，茎干莫知所在。外道无地容身，四众一时喝彩：

舍利弗道力不思议，神通变现甚希奇，
辞佛故来降外道，次第总遣大风吹。
神王叫声如电吼，长蛇樋树不残枝，
瞬息中间消散尽，外道飘飒无所依。
六师被吹脚距地，香炉宝子②逐风飞，
宝座倾危而欲倒，外道怕急总扶之。
两两平章六师弱，芥子可得类须弥？

---

① 劳度叉：意思是赤眼。
② 宝子：香炉的一种。宋黄伯思《东观余论》卷下《跋钱缲州回文后》："题者多云宝子不知何物，以余考之，乃迦叶之香炉耳。上有金华，华内乃有金台，即台为宝子，则知宝子乃香炉耳。"

劳度叉输了一阵，强撑着老脸皮，又当众化出水池，四岸七宝庄严，内有金沙铺地。浮萍菱草，遍绿水而竞生；软柳芙蓉，匝灵沼而氤氲。

舍利弗毫不惊奇，化出白象之王。身躯壮大，眼如日月，口有六牙，每牙吐七枝莲花。花上坐着七位天女，手挏弦管，口奏弦歌，声雅妙而清新，姿透迤而姝丽。象乃徐徐动步，直入池中，蹴踏东西，回旋南北。以鼻吸水，水便干枯。当时六师失色，四众惊嗟。

其池七宝而为岸，玛瑙珊瑚争灿烂。

池中鱼跃尽衡冠，龟鳖鼋鼍竞穀窜。

水里芙蓉光照灼，见者莫不心惊愣。

外道自叹甚希奇，看我此度争强弱。

舍利举目而南望，化出六牙大香象。

行步状如雪山移，身躯广阔难知量。

口里巉岩吐六牙，一一牙高一百丈。

牙上各有七莲华，华中玉女无般当①。

手挏琴瑟奏弦歌，雅妙清新声合响。

共赞弥陀极乐国，相携只劝同心往。

象乃动步入池中，蹴踏东西并岸上。

以鼻吸水尽干枯，六师哽噎怀惆怅。

---

① 般当：比并。

劳度叉又化出宝山，高数由旬①，顶侵天汉。松柏参天，藤萝万段。顶上隐士安居，更有诸仙游观。驾鹤乘龙，仙歌缭乱。四众谁不惊嗟，见者咸皆称叹。

舍利弗见到此山，忽然化出金刚，头圆像天，天圆只堪为盖；足方万里，大地才足为钻，手执宝杵，杵上火焰冲天。只往邪山一比，邪山登时粉碎。

六师愤怒情难止，化出宝山难可比。
崭岩可有数由旬，紫葛金藤而覆地。
山花郁翠锦文成，金石崔嵬碧云起。
上有王乔丁令威，香水浮流宝山里。
飞仙往往散名华，大王遥见生欢喜。
舍利弗见山来入会，安详不动居三昧。
应时化出大金刚，眉高额阔身躯垒。
手执金杵火冲天，一拟邪山便粉碎。
外道哽噎语声嘶，四众一时齐唱快。

外道频频输失，心里非常懊恼，面色粗赤粗黄，嘴唇异常干燥，腹热状似汤煎，肠痛犹如刀绞。外道忿怒，忽然化出毒龙，口吐烟云，昏天翳日，扬眉眴目，震地雷鸣。闪电乍明乍暗，祥云或舒或卷。观众无不惊怪它的灵异。

舍利弗殊无怖惧之心，化出金翅鸟王，奇毛异骨，鼓腾双翼，

① 由旬：印度计里程的单位，是帝王一日行军的里程，相当于我国古时的"一舍"。有的记载说是三十里，有的说是四十里。

掩蔽日月之明；抓距纤长，不异丰城之剑①。从空直下，疾若流星，遥见毒龙，数回搏接，先啄眼睛，再啄四足，将毒龙吃个干净，六师战惧，心神恍惚。

> 六师打强且抵敌，终竟悬知自倾倒。
> 又更化出毒龙身，口吐烟云怀操暴。
> 雷鸣电吼雾昏天，噼砾声扬似火爆。
> 场中恐怯并惊嗟，两两相看齐道好。
> 舍利既见毒龙到，便现奇毛金翅鸟。
> 头尾啮锉不将难，下口其时先啐脑。
> 肋骨粉碎作微尘，六师莫知何所道。
> 三宝威神难测量，魔王战悚生烦恼。

劳度叉又化出一头水牛，莹角惊天，眼如日月，爬地大吼，有如雷电。

舍利弗见到此牛，神怡宛然不动，忽然化出狮子，勇锐难当。那狮子口如溪豁，身类雪山，眼似流星，牙如霜剑，奋迅哮吼，直入场中。水牛见到狮子，吓得魂飞魄散，只得跪下。狮子一扑而上，先咶颈骨，再咬脊椎，水牛登时粉碎。

> 六师忿怒在王前，化出水牛甚可怜，
> 直入场中惊四众，磨角掘地喊连天；

---

① 丰城之剑：丰城在江西省南昌市南。相传其地理有龙泉、太阿二宝剑。见《晋书·张华传》。

外道齐声皆唱好，我法乃遣国人传。

舍利座上不惊忙，都缘智慧甚难量，

整理衣服安心意，化出威棱狮子王。

哮吼两眼如星电，纤牙迅爪利如霜，

意气英雄而振尾，向前直拟水牛伤，

啮锉登时消化了，并骨咀嚼尽消亡。

波斯匿王见外道连连失败，对他们说："你们经常夸口有千般技术，现在当众测验，竟一事无能。你们到底还有什么本领，速须变现。"劳度叉强打精神，化出二鬼，形容丑恶，身体长大，口中出火，鼻里生烟，行如奔电，骤似飞旋，扬眉瞬目，恐动四边。见者寒毛卓竖，舍利弗独自安然。舍利弗踟蹰思忖，毗沙门①踊现王前，威神赫奕，甲仗光鲜，地神捧足，宝剑腰悬。二鬼一见，乞命连绵。

六师自道无般比，化出两个黄头鬼。

头脑异种丑尸骸，惊恐四边令怖畏。

舍利弗举念智思惟，毗沙天王而自至。

天王回顾振睛看，二鬼迷闷而擗地②。

外道是日破魔军，六师胆慑尽亡魂。

赖得慈悲舍利弗，通容忍耐尽威神。

驴骡负重登长路，方知何得比龙鳞？

只为心迷邪小径，化遣归依大法门。

---

① 毗沙门：天王名，四大天王之一，就是多闻天王，是护法之天神。

② 擗地：伏地、扑地。

大王见了，对外道说："朕比日以来，对你们虚加敬重。广施玉帛，浪费国储。现在龙蛇混杂，方辨其能。你们已经力尽势穷，事事皆弱，就应该低心屈节，归顺人家。"六师闻语，唯诺依从，面带羞惭，无地自容。舍利弗见外道折伏，就当众现出十八般神通变化，全国人民，无不瞻仰。

　　舍利弗倏忽现神通，踊身直上在虚空。
　　或现大身遍法界，小身藏形芥子中。
　　劳度叉愕然合掌立，我法岂得与他同！
　　共汝舍邪归正路，相将惭谢尽卑恭。
　　斗圣已来极下劣，回心岂敢不依从？
　　各拟悔谢归三宝，更亦无心事火龙。
　　累历岁年枉气力，终日从空复至空，
　　各自抽身奉仕佛，免被当来铁碓舂。

第五章　大目乾连冥间救母变文

【说明】

　　《大目乾连冥间救母变文》见存的有三种，而以这一篇最为详细，流传也最广，学者多认为其故事出自《佛说盂兰盆经》，今先录经文于后，以供参考：

　　"闻如是：一时佛在舍卫国祇树给孤独园。大目乾连始得六通，欲度父母，报乳哺之恩，即以道眼观视世间，见其亡母生饿鬼中，不见饮食，皮骨连立。目连悲哀，即钵盛饭，往饷其母。母得钵饭，便以左手障饭，右手抟饭，食未入口，化成火炭，遂不得食。目连大叫，悲号啼泣，驰还白佛，具陈如此。佛言：'汝母罪根深结，非汝一人力所奈何，汝虽孝顺声动天地，天神地祇亦不能奈何，当须十方众僧威神之力，乃得解脱。吾今当说救济之法，令一切难皆离忧苦。'佛告目连：'十方众生，七月十五日僧自恣时，当为七世父母及现在父母厄难中者，具饭、百味五果、汲灌盆器、香油锭烛、床敷卧具、尽世甘美，以着盆中，供养十方大德众僧。当此之日，一切圣众——或在山间禅定，或得四道果，或在树下经行，或六通自在教化声闻缘觉，或十地菩萨大人权现比丘，在大众中皆同一心受钵和罗饭，具清净戒圣众之道，其德汪洋，其有供养此等自恣僧者，现在父母、七世父母、六种亲属，得出三途之苦，应时解脱，衣食自然。若父母现在者，福乐百年；若已亡七世父母生天，自在化生，入天华光，受无量快乐。'时佛敕十方众僧皆先为施主家咒愿七世父母，行禅定意，然后受食；初受食时，先安在佛塔前，众僧受愿竟，便自受食。尔时目连比丘及此大会大菩萨众皆大欢喜，而目连悲啼声释然除灭。是时，目连其母即于是日得脱一切饿鬼之苦。"（下略）

《佛说盂兰盆经》全经不过千字，而与变文有关的，约居其半。而变文字数则近万言，多所演绎。其中最大的不同，是经文只说目连母亲堕饿鬼道，而变文则述其遍历地狱、饿鬼、畜生三恶道——其他增添之处还很多，在故事部分即可看出，这里不再赘述。因此，变文在《佛说盂兰盆经》之外，又取《宗密佛说盂兰盆经》的疏解，撰集《百缘经》卷五《优多罗母堕饿鬼缘》《地藏菩萨本愿经·忉利天宫神通品》《根本说一切有部毗奈耶药事》卷四，以及有关记载地狱各经乃至民间传说等，将其杂糅而成——详见拙著《敦煌讲经变文研究》第一章第九节。

至于这一篇的成立时间，则当在晚唐。虽然孟棨《本事诗·嘲戏》第七有云：

"诗人张祜，未尝识白公（白居易），白公刺苏州，祜始来谒，才见白，白曰：'久钦籍，尝记得君款头诗。'祜愕然曰：'舍人何所谓？'白曰：'鸳鸯钿带抛何处？孔雀罗衫付阿谁？非款头何邪？'张顿首微笑，仰而答曰：'祜亦尝记得舍人目连变。'白曰：'何也？'祜曰：'上穷碧落下黄泉，两处茫茫皆不见。非目连变何邪？'遂与欢宴竟日。"

张祜所说的《目连变》，并非指这一篇而言，详见拙著《敦煌讲经变文研究》第五章第一节。

关于目连救母故事的演进，陈芳英所著《目连救母故事之演进及其有关文学之研究》的绪论，有很好的说明：

"目连救母的传说，是一个家喻户晓的故事，它透过宗教仪式、文学、艺术等形态，在民间到处流布，推行遍及全国，并远播韩国、日本。

"虽然，目连救母是佛家的故事，但自《盂兰盆经》流传以来，历经了将近一千七百年的时间，它一面与我国传统的伦理思想、民间信仰相结合，一面又借着变文、变相、宝卷、佛曲、俗曲、鼓词、子弟书、杂剧、传奇、昆弋皮黄、各种地方戏等文学形式，逐渐孕育成长，繁衍孳乳，已由简单的基型，演进为曲折复杂的面貌。

"《盂兰盆经》，在早期的目录里载为失译，唐以后才署名为西晋竺法护译，据一般学者推测，很可能是产生在中国，梵华合作的经典。不过，它的年代也不会晚于晋，因为题名晋宗懔著的《荆楚岁时记》中，已有《盂兰盆经》目连救母和盂兰盆会的记载，南北朝颜之推《颜氏家训》，也提到七月半盂兰盆会之事。我国是着重孝道伦理的国家，佛教初来之时，出家舍亲被视为大不孝，因而阻碍了佛教的传播，僧徒们为调和世间道的儒家之教，与出世间道的佛教，极力强调佛教之孝，在大量翻译佛家教孝经典之余，也融合儒释的孝道思想，创立新经，《盂兰盆经》遂应运而生。

"到了唐朝，目连救母故事的发展，呈现了第一个高峰。当时，讲唱变文的风气十分盛行，人们眼看图绘，耳听故事，从化俗法师口里，钦羡着目连的至孝。而目连巡行地狱，与道家的泰山冥界颇相近似，更和唐代盛传的《地藏十王经》的十王信仰混合，地狱、饿鬼道的示现，使民众对恐怖的未知世界，发出了声声嗟叹，也为后代描述'幽冥界'提供了一个典型。于今所存的目连变文，达十六篇之多，虽已有残缺，仍弥足珍贵。当变文在宋初被禁之后，目连故事就衍为宝卷和戏剧两个系统，继续流播。宝卷也是以通俗浅近的讲唱文，来说经说教，结构和变文没什么两样。目前所存最早的目连宝卷，是近人郑氏所藏《目连救母出离地狱升天宝卷》残本，为元末明初的金碧抄本。此外，明正德间刊刻的《罗祖五部经》中，有《目连卷》的著录，民间也流传着《目连三世宝卷》和《目连宝卷》，强烈地述说因果关系，而将黄巢杀人八百万、贺屠宰杀牲畜，依托为目连救母时放出太多的饿鬼，不得不投生收回。至今，偶尔还可以从寺庙中，听到目连卷的宣讲。讲唱的目连故事传到日本之后，备受重视，因而产生了《目连尊者绘》《饿鬼草纸》等作品。

"目连戏的搬演，是目连救母故事发展的另一高峰。据孟元老《东京梦华录》的记载，北宋已有连演七天的目连杂剧，可以说是我国完整戏剧演出的最早记录，也是戏剧史上的重要资料。而后元有《行孝道目连救母》杂剧（见《录鬼簿续编》），明有《目连入冥》杂剧（见《顾曲杂言》），万历年间更出现了一百零四折的《目连救母劝善》戏文，戏文是郑之珍的作品，不但大量插入科诨，吸收当时流行民间的小戏、小曲、弹唱、杂耍，并配合国人心理、情绪的倾向，大幅度地增饰情节，除了表彰目连的孝，还加入了目连父亲的仁、未婚妻曹氏的节、老仆益利的义，对地狱的描画尤极尽夸张之能事，全剧可谓包罗浩瀚，光怪陆离。清乾隆年间，又由词臣张照编为《劝善金科》十本二百四十出，纳入《颜鲁公段司农事》，为我国戏剧史上篇幅最长的巨制。明清两代目连戏的搬演，上至宫廷，下至民间，均极称鼎盛。乡镇每于寺庙内殿建醮之时，在外坛搭台搬演目连戏，但过度的铺张，不免流于荒诞，有涉亵慢，几次面临禁演的命运。皮黄崛起后，目连戏再翻新腔，仍普受欢迎，如今犹活跃于舞台。清末民初，各地的目连戏已成为社戏的代称，随时可以改头换面，或插入其他故事，称为平安神戏，是迎神赛会中的重要节目。

"从南北朝以来，盂兰盆会就是中元节的固定法事，不仅寺院视为盛典，民间也营盆斋供，除了诵经、搬演目连戏之外，还有放河灯、放法船、放焰口等风俗，在百姓们平静的生活中，掀起高潮，虔敬追思。

"无论就哪一方面来论，如流传年代的长远、流传地区的广大或牵涉文学形式的众多，从来没有哪一个故事，可以和目连救母相比拟。而其本身又有杰出的艺术成就，不管表现在哪一种文学形态中，都能保持古朴的风格和深挚的情感。在整个中国文学史纵与横的发展上，目连救母故事，都应有其不可磨灭的地位。"

此篇在故事部分，对于佛经的原始记载及后世宝卷、戏文繁复的演进，都置而不论，而只依《大目乾连冥间救母变文》写卷，略述故事的梗概，并在开端部分采取《目连缘起》所述而已。

【故事】

目连的母亲，叫做青提夫人，家在西方，家中很富裕，钱物无数，牛马成群。但她为人悭贪，又好杀生。丈夫去世以后，就只有独子罗卜跟她一起生活。做母亲的虽然心地不好，但儿子却非常善良，时常拯恤孤贫，又敬重三宝。

有一天，罗卜要到远方做生意，就到堂前向母亲报告："儿要到别州做生意，现在将家里所有的钱财分成三份，一份由儿带去做本钱，一份用来侍奉母亲，一份留在家中，请母亲救济贫困的可怜人。"

母亲满口答应了。

可是等儿子走后，青提夫人把儿子的话忘得干干净净，朝朝宰杀，日日烹庖，遇到有和尚来化缘，就叫家童拿棒子打；见到孤独老人来乞食，就放狗去咬。

罗卜做完买卖，正要回家，先请人带个信给母亲，母亲听到儿子要回来，火急铺设花幡，刻意布置。

一两天后，罗卜到家，先向母亲跪拜请安说："自离左右多时，且喜阿娘万福。"

母亲对他说："自从你出门以后，我在家中，常修善事。"

一天，罗卜听到邻居说起他的母亲不曾修善，朝朝宰杀，祭祀鬼神，和尚到门，尽皆凌辱。他听了心里很难过，就回家问母亲。

青提夫人听了大为震怒，向儿子说："我是你的母亲，你是我的儿子，母子之情，重如山岳，我说的话，你居然不相信，反而去揽些闲话回来。好了，你既不相信，我就发个誓：如我所言不实，愿我死后堕阿鼻地狱①。"

罗卜见母亲赌咒，泪落如雨，请求母亲不要生气，更不要作如此恶毒的咒誓。但青提作咒，冥道已知，七日之内，青提身死，堕阿鼻地狱，受无间的苦楚。

---

① 阿鼻地狱：就是无间地狱。《地藏菩萨本愿经·观众生业缘品第三》云："……动经亿劫，求出无期。此界坏时，寄生他界；他界次坏，转寄他方；他方坏时，展转相寄；此界成后，还复而来。无间罪报，其事如是。又五事业感，故称无间，何等为五？一者，日夜受罪，以至劫数，无时间绝，故称无间；二者，一人亦满，多人亦满，故称无间；三者，罪器叉棒、鹰蛇狼犬、碓磨锯凿、锉斫镬汤、铁网铁绳、铁驴铁马、生革络首、热铁浇身、饥吞铁丸、渴饮铁汁，从年竟劫，数那由他，苦楚相连，更无间绝，故称无间；四者，不问男子女人、羌戎夷狄、老幼贵贱、或龙或神、或天或鬼、罪行业感，悉同受之，故称无间；五者，若堕此狱，从初入时至百千劫，一日一夜，万死万生；求一念间暂住不得；除非业尽，方得受生，以此连绵，故称无间。"

　　罗卜在母亲死后，非常悲伤，累七修斋，三年持孝，服满之后，思想如何报答父母的恩德，考虑的结果，只有出家最好。当时如来还在世，罗卜就到鹿苑投佛出家，说：

"弟子凡愚居五欲，不能舍离去贪嗔。

直为平生罪业重，殃及慈母入泉门。

只恐无常相逼迫，苦海沉沦生死津。

愿佛慈悲度弟子，学道专心报二亲。"

　　如来佛见罗卜正直诚恳，就接纳了他：

世尊当闻罗卜说，知其正直不心邪。

屈指先论四谛①法，后闻应当没七遮②。

纵令积宝凌云汉，不及交人暂出家。

恰似盲龟值浮木，犹如大火出莲花。

炎炎火宅难逃避，滔滔苦海阔无涯。

直为众生分别故，如来所以立三车③。

―――――――――――

　　① 四谛：苦、集、灭、道，是为四谛。苦谛：苦是现实的事相，凡人不能免。集谛：找出苦的原因。灭谛：苦有消灭的可能。道谛：是灭苦的方法。

　　② 七遮：七遮罪，是七种最严重的罪过：一、出佛身血；二、杀父；三、杀母；四、杀和尚；五、杀阿阇梨；六、破羯磨转法轮僧；七、杀圣人。犯这七种罪过之一的人，就遮之不使受菩萨戒，故名遮罪。

　　③ 火宅、三车：《法华经·譬喻品》中一则著名的譬喻。大意说：有一富有的长者，他的家只有一道门。一天，他家失火，长者的十几个儿子正在屋里玩耍，明知失火，也不肯逃出来。长者非常着急，就将孩子们平常最喜欢的珍宝都拿出来，装在门口的羊车、鹿车、牛车三辆车上，叫他们出来玩耍，于是，孩子们都争先恐后，冲出火宅，上了三车。寓意是说如来悲悯三界火宅，为了拔济众生，为众生解说三乘——声闻、辟支佛、佛乘。

佛唤阿难而剃发，衣裳变化作袈裟。

登时证得阿罗汉，后受婆罗提木叉^①。

于是，佛授他目连之号。目连证得阿罗汉果以后，又在深山坐禅观空，心无所住，得了神通，在佛门弟子中为神通第一。当时他立刻到天宫寻访父母：

目连一向（饷）至天庭，耳里唯闻鼓乐声。

红楼半映黄金殿，碧牖浑沦白玉成。

锡杖敲门三五下，胸前不觉泪盈盈。

长者出来而共语，合掌先论中孝情。

他父亲出来见到目连，不敢相认，因为他不知道他的儿子已经成长，而且还出家当和尚。等目连将事情说明以后，父亲才明白过来。目连见到父亲在天宫，高兴得不得了，但却没有见到母亲，就问父亲："慈母今在何方受快乐？"

父亲告诉他："你母亲在世的时候，和我的行业不同。我因为修十善五戒，死后神识得升天上；她平生广造诸罪，恐怕已经堕入地狱，你还是到冥路上寻问，也许能找得到。"

目连惦记着母亲，就辞别慈父，来到冥路寻觅母亲。

在冥路上，目连遇到八九个男女游魂在闲荡。他觉得很奇怪，问他们为什么闲着无事。他们告诉目连，他们只是因为跟某一个该死的人同名同姓，被鬼卒误追，经阴间勘查明白，但已经过了三五

---

① 婆罗提木叉：就是戒律。

天，他们的身体早被妻儿埋葬了，回不了家，阎王只好判他们做无事鬼：

> 宅舍破坏无投处，王边披诉语声哀。
> 判放作鬼闲无事，受其余报更何哉。
> 死生路今而已隔，一掩泉门不再开。
> 家上纵有千般食，何曾济得腹中饥。
> 号啕大哭终无益，徒烦搅纸作钱财。
> 寄语家中男女道：劝令修福救冥灾。

目连等他们抱怨过后才问他们，认不认得一个青提夫人，他们都说不认识。目连又问他们阎罗大王住在哪里，他们告诉他在北边的三重门楼里。

目连走到三重门楼，看到许多壮士驱赶无量罪人进去。目连在罪人队伍里寻问母亲，还是找不到，就哭着要见大王。门官为他引见。大王知他是目连，在案后向他作揖，问他是为佛的使者，还是有什么事。目连回答是私事。大王告诉他：

> 太山定罪卒难移，总是天曹地笔批。
> 罪人业报随缘起，造此何人救得伊。
> 腥血凝脂长夜臭，恶染阇梨清净衣。
> 冥途不可多时住，伏愿阇梨早去归。

目连回答大王：

大王照知否？

贫道生年有父母，日夜持斋常断午。

据其行事在人间，亡过合生于净土。

天堂独有阿耶居，慈母诸天觅总无。

计亦不应过地狱，只恐黄天横被诛。

追放纵由天地边，悲嗟悔恨乃长嘘。

业报若来过此界，大王曾亦得知否？

　　大王为目连的孝心所感动，找来业官、伺命、司录，问他们："这位和尚的阿娘青提夫人死了多少时候？"业官报告："青提夫人已经死了三年，她的案卷应该在天曹录事司或太山①都尉那里。"大王就唤善恶二童子带领目连去问五道将军。

　　目连在善恶童子的指点下，去找把守鬼门关的五道将军。走了一段路，来到奈河②边上，看见无数罪人，将衣服脱了挂在树上，望

————————

　　① 太山：即泰山。泰山治鬼之说，大约起自东汉。顾炎武《日知录》卷三十"泰山治鬼条"云："自哀平之际，而谶纬之书出，然后有如《遁甲开山图》所云：泰山在左，亢父在右，亢父知生、梁父主死。《博物志》所云：泰山一曰天孙，言为天帝之孙，主召人魂魄，知生命之长短者。其见于史者，则《后汉书·方术传》：许峻自云：尝笃病，三年不愈，乃谒泰山请命。《乌桓传》：死者神灵归赤山，赤山在辽东西北数千里，如中国人死者魂神归泰山也。《三国志·管辂传》：谓其弟辰曰：但恐至泰山治鬼，不得治生人如何？而古辞《怨诗行》云：齐度游四方，各系泰山录；人间乐未央，忽然归东岳。陈思王《驱车》篇云：魂神所系属，逝者感斯征。刘桢《赠五官中郎将诗》云：尝恐游岱宗，不复见故人。应璩《百一诗》云：年命在桑榆，东岳与我期。然则鬼论之兴，其在东京乎？"

　　② 奈河：佛经所记地狱，只有灰河、爱河，而不见有奈河者。只有伪经《十王经》有云："前大河即葬头，见渡亡人，名奈河津。"奈河与奈何谐言，人死后魂神要渡此河，心中着急，口中即呼"奈何"。顾炎武《山东考古录》云："岳之西南有水出谷中，为西溪；自大峪口至州城之西而南，流入于洋，曰漆河。其水在高里山之左，有桥跨之曰滦河桥。世传人死，魂不得过，而曰奈何。"

着向西急流的流水欲过不过，抱头悲泣。牛头马面一面点名，一面驱赶。当时罪人都悔恨不已：

生时我舍事吾珍，金轩驷马驾珠轮，
为言万古无迁改，谁知早个化为尘。
呜呼哀哉心里痛，徒埋白骨为高冢，
南槽龙马子孙乘，北牖香车妻妾用。
异口咸言不可论，长嘘叹息更何怨。
造罪诸人落地狱，作善之者必升天。
如今各自随缘业，定是相逢后回难。
握手丁宁须努力，回头拭泪饱相看。
耳里唯闻喝道急，万众千群驱向前。
牛头把棒河南岸，狱卒擎叉水北边。
水里之人眼盼盼，岸头之者泪涓涓。

目连向罪人打听母亲的消息，罪人都说他们刚死不久，不知道已死三年的青提的消息。但是他们都告诉目连，生前纵使妻妾再多，死后也无人能替罪的；而且希望目连回到人间，为他们带话给他们的子孙，想要超度亡人，一定要修福。如果他们将来能因此脱离地狱，那都是目连的恩惠。

目连又向前行，去找把守五道鬼门关的五道将军：

五道将军性令恶，金甲明晶，剑光交错。
左右百万余人，总是接飞手脚。
叫喊似雷惊振动，怒目得电光辉霍。

或有劈腹开心，或有面皮生剥。

目连虽是圣人，亦得魂惊胆落。

可是为了寻觅慈母，目连只好向前向凶恶的五道将军打听。将军问左右："谁见到过青提夫人？"旁边有个官吏说："报告将军，三年前有个青提夫人，被阿鼻地狱索去，今在阿鼻地狱受苦。"目连问将军："一切罪人都应该由阎罗王判决，才交下来。为什么阎罗王没有见过贫道阿娘呢？"将军说："世间有两种人见不到阎王：第一种人，是平生修十善五戒，死后神识自然升天；第二种人，是生存之日，不修善业，广造罪恶，命终之后，便入地狱，也见不到阎王。只有半恶半善的人，才需要经王断决，才去托生，随缘受报。"目连辞过将军，进入恐怖的地狱：

目连泪落忆遥遥，众生业报似风飘。

慈亲到没①艰辛地，魂魄于时早已消。

铁轮往往从空入，猛火时时脚下烧。

心腹到处皆零落，骨肉寻时似烂焦。

铜鸟万道望心搣，铁汁千回顶上浇。

借问前头剑树苦，何如锉碓斩人腰。

不可论、凝脂碎肉似津。

莽荡周回数百里，嵯峨高下一由旬。

铁锵万剑安其下，烟火千重遮四门。

借问此中何物罪，只是阎浮杀罪人。

---

① 没：变文中"没"字常当"什么"一词用。

目连问狱主："这个地狱里有没有青提夫人？她是贫道阿娘，所以前来访觅。"狱主回答："这个狱中全是男子，没有女人；前头刀山地狱里，可能找得到。"

目连往前走，又到了一个地狱，左名刀山，右名剑树，刀剑相向，涓涓血流。目连问："狱中罪人作何罪业，才堕此地狱？"狱主答："狱中罪人在世之日，侵损众僧的寺舍、厨库、花果、树林、田园等，现在要他们节节支解。"

> 刀山白骨乱纵横，剑树人头千万颗。
>
> 欲得不攀刀山者，无过寺家填好土。
>
> 栽接果木入伽蓝，布施种子倍常住。
>
> 阿你个罪人不可说：
>
> 累劫受罪度恒沙，从佛涅槃仍未出。
>
> 此狱东西数百里，罪人乱走肩相摄。
>
> 业风吹火向前烧，狱卒把杈从后插。
>
> 身手应是如瓦碎，手足当时如粉沫。
>
> 沸铁腾光向口憔，着者左穿如右穴。
>
> 铜箭傍飞射眼睛，剑轮直下空中割。
>
> 为言千载不为人，铁把楼聚还交活。

目连看了难过，不禁落泪，向前问狱主："这个地狱，有没有叫青提大人的？"狱主说："这个地狱中没有青提大人。"

目连又往前走，到了一座地狱，高下有一由旬，东西距离不可计算，狱中黑烟弥漫，臭气熏天。目连见一马头罗刹，手把铁叉，盛气而立。目连问："这叫什么地狱？"罗刹答："这是铜柱铁床地狱。"目连问狱主："狱中罪人，在世之日，有何罪业，堕此地狱？"
狱主答："他们在生之日，男女邪淫，或是子女与情人行淫欲于父母
之床，或是弟子行淫欲于师长之床，或是奴婢行淫欲于主人之床，
死后即堕此地狱，这个地狱的罪人，正好是男女各半。"

女卧铁床钉钉身，男抱铜柱胸怀烂。
铁钻长交利锋刃，馋牙快似如锥钻。
肠空即以铁丸充，唱渴还将铁汁灌。
蒺藜入腹如刀擘，空中剑戟跳星乱。
刀剜骨肉片片破，剑割肝肠寸寸断。

目连感慨说：

不可言、地狱天堂相对匹。
天堂晓夜乐轰轰，地狱无人相求出。
父母见存为造福，七分之中而获一。
纵令东海变桑田，受罪之人仍未出。

目连找不到母亲，继续前行，来到一个全是女人受罪的地狱，
就问狱主："这个狱中，有没有一个叫青提夫人的？"狱主说："青
提夫人是和尚的阿娘？"目连答："正是慈母。"狱主说："三年前，
有一个青提夫人，到过这里，后来被阿鼻地狱索去，现在正在阿鼻
地狱中受苦。"目连一听，一下就晕过去，许久才渐渐通气，爬起
来，渐渐前行。

目连在冥途上走着，路边耸立着无数刀剑，就像野草一般；阵

阵阴风，传来罪人声声哀号。但是想到母亲正在受苦，他只好奋勇前行。渐渐接近阿鼻地狱，遇到夜叉王，目连向他说明自己是释迦如来佛的弟子，为了寻觅母亲的亡魂，已经巡历了许多地狱，都没找到，听说她已堕阿鼻地狱，请问夜叉王知不知道母亲——青提夫人的下落：

> 有无实说莫沉吟，人间乳哺最恩深。
> 闻说慈亲骨髓痛，造此谁知贫道心？

夜叉王听了心里很感动，说："和尚的孝心是古今稀有的，竟亲自到冥途来寻觅。令堂青提夫人，我好像有点印象，不过阿鼻地狱尽是业风毒气，你必定到不了，不如早点回去请如来指示。"

目连知道自己法力有限，只好腾空到婆罗林，绕佛三匝，向佛报告寻母的经过，并请求如来帮他进入阿鼻与慈母重逢。世尊告诉目连，世间的罪业都是自造的，很难拯救；但可以借给他十二环锡杖，保护他进入阿鼻，而且只要勤念佛名，阿鼻地狱的大门就会应声而开。

目连承佛威力，腾身向下，急如风箭，须臾之间，来到阿鼻地狱门口。只见五十个牛头马脑、罗刹夜叉，牙如剑树，口似血盆，声如雷鸣，眼如掣电，站在门口当值，看见目连，赶紧喝住说："和尚莫来，这里不是好地方，西边黑烟中，全是毒气，和尚一闻，立刻化为灰尘。"目连赶紧不断念佛，一手拭泪，一手摇动锡杖，鬼神一下子都昏迷不醒，地狱门也自动打开。目连被火气吸着，几乎倒下。那个阿鼻地狱，铁城高峻，连接云霄；剑戟森森，刀枪重重；剑树千寻，刀山万仞；猛火腾腾，剑轮簇簇；铁蛇吐火，四面张鳞，铜狗喷烟，三边振吠；蒺藜空中乱下，锥钻天上斜飞；铁杷踔眼，铜叉锉腰。于是骷髅碎、骨肉烂、筋皮折、手脚断，碎肉迸溅于四门之外，凝血滂沛于狱垆之畔。呼天唤地凄厉的喊声，震耳欲聋。

> 目连执锡向前听，为念阿鼻意转盈。
> 一切狱中皆有息，此个阿鼻不见停。
> 恒沙之众同时入，共变其身作一刑。
> 忽若无人独自入，其身亦满铁围城。

　　狱主忽见地狱门开，进来个和尚，就喝问："是谁教你开门的？"目连答："是世尊教我开的。"狱主又问："有什么凭证？"目连说："有十二环锡杖为证。"狱主又问："和尚是为了什么事来的？"目连答道："贫道听说阿娘青提夫人正在狱中，特地来探望。"狱主听了，进到狱中高楼上，摇着白幡、打铁鼓，问第一隔中有没有青提夫人，第一隔回话说没有。狱主又摇黑幡、打铁鼓问第二隔，第二隔回话说没有。狱主又摇黄幡、打铁鼓问第三隔，第三隔也回答没有。以下第四、第五隔、第六隔都说没有青提夫人。轮到第七隔，摇碧幡、打铁鼓，问第七隔中有没有青提夫人，当时青提夫人正在第七隔中，身上钉了四十九道长钉，钉在铁床上，不敢答腔。等狱主再问一次，才胆怯地回答："若觅青提夫人，罪身即是。"狱主问："刚才为什么不回答？"青提说："心里害怕，不知又要我受什么酷刑，所以不敢回答。"狱主说："门外有个和尚，说是你的儿子，要来看你。"青提沉思广许久才回答说："狱主，我没有什么出家的儿子，不会弄错吧？"狱主回到楼前，向目连说："狱中有个青提夫人，可是她没有出家的儿子。出家人不打诳语，你怎可来诈认狱中罪人是阿娘？"目连一听，悲泣两泪，哽噎说："狱主，贫道刚才没说清楚，贫道小时名叫罗卜，在父母亡没后才投佛出家，号曰大目乾连。请狱主不要生气，再帮忙问一次。"狱主回到第七隔，跟罪人青提说："门外的和尚说他小时名叫罗卜……"青提一听到"罗卜"的名字，哀叫一声："我的儿呀……"狱主这才相信他们是母子，于是拔掉青提身上四十九道长钉，腰上改用铁锁锁着，由牛头拉着铁链，还有狱卒手执钢叉在旁驱赶。

青提夫人一步倒挨向门前，目连一见抱着母亲，号啕大哭说："都是由于孩儿不孝顺，才殃及慈母堕落地狱，母亲这么善良的人，上天怎会让无辜的人受这种罪呀！自从母亲去世以后，孩儿每天都到陵墓上祭祀，难道母亲都没吃到吗？怎么这般憔悴呢？"青提哭着说：

> 阿娘生时不修福，十恶之愆皆具足；
> 当时不用我儿言，受此阿鼻大地狱。
> 阿娘昔日极芬荣，出入罗帏锦帐行；
> 哪堪受此泥梨^①苦，变作千年饿鬼行？
> 口里千回拔出舌，胸前百过铁犁耕；
> 骨节筋皮随处断，不劳刀剑自凋零。
> 一向须臾千回死，于时唱道却回生。
> 入此狱中同受苦，不论贵贱与公卿。
> 汝向家中勤祭祀，只得乡闾孝顺名。

---

① 泥梨：就是地狱。

纵向坟中浇沥酒，不如抄写一行经。

目连听了泪落如雨，哽噎向狱主哀求说："贫道虽然已是出家人，但法力浅，救不得慈母；我只恳求狱主放了我娘，让我替娘受苦。"

狱主板起面孔说：

弟子虽然为狱主，断决皆由平等王。

阿娘有罪阿娘受，阿师有罪阿师当。

金牌玉简无揩洗，卒亦无人辄改张。

受罪只今时已至，须将刑殿上刀枪。

和尚欲得阿娘出，不如归家烧宝香。

狱卒拿着钢叉在两旁催促，牛头拖着铁链向前拉，青提夫人就往狱门挨。到了狱门口，青提夫人用尽力气用手撑住门框，回过头，泪眼望着目连，大喊："我的孩儿呀，好好保重呀！"又吩咐说：

娘娘昔日行悭吝，不具来生业报恩。

言作天堂没地狱，广杀猪羊祭鬼神。

但悦其身眼下乐，宁知冥路拷亡魂。

如今既受泥梨苦，方知反误自家身。

悔时悔亦知何道，覆水难收大俗云。

何时出离波咤①苦，岂敢承圣重做人。

阿师是如来佛弟子，足解知之父母恩。

---

① 波咤：疑其即波药致（Payattik），译为堕罪，由此罪堕落于地狱。

忽若一朝登圣觉，莫望（忘）娘娘地狱受艰辛。

目连眼看就要分别，赶快说：

母子之情天生也，乳哺之恩是自然。
儿与娘娘今日别，定知相见在何年？
哪堪闻此波咤苦？其心楚痛镇悬悬。
地狱不容相替代，唯知号叫大称怨。
隔是①不能相救济，儿亦随娘娘身死狱门前。

目连见母亲终于被拖入狱，切骨伤心，哽噎声嘶，一下子如天崩地裂，倒下去不省人事。过了许久才苏醒过来，两手按地起来，腾空到世尊那里。先向如来诉说地狱的种种痛苦，再说到母亲受罪的情形：

慈亲容貌岂堪任，长夜遭他刀剑侵。
白骨万回登剑树，红颜百过上刀林。
天下之中何者重，父母之情恩最深；
如来是众生慈父母，愿照愚迷方寸心。

大慈大悲的如来，想到众生出没于轮网，心生悲悯，又为目连

① 隔是：已是。或作"格是"，《容斋随笔》卷二："隔是：乐天诗云：'江州去日听筝夜，白发新生不愿闻，如今格是头成雪，弹到天明亦任君。'元微之诗云：'隔是身如梦，频来不为名，怜君近南住，时得到山行。'格与隔二字义同；格是，犹言已是也。"

孝心所感动，于是决定亲往冥途救济。

如来领了八部龙天，浩浩荡荡，往救地狱之苦：

> 如来圣智本均平，慈悲地狱救众生。
> 无数龙神八部众，相随一队向前行。
> 不可论中不可论，如来神力救泉门。
> 左右天人八部众，东西侍卫四方神。
> 眉间毫相千般色，项后圆光五彩云。
> 地狱沾光①消散尽，剑树刀林似碎尘。

由于释迦的威力，地狱整个发生变化，铁丸化作摩尼宝，刀山化作琉璃地，铜汁变作功德水……目连也蒙佛威力，得见慈母。可是青提夫人罪根深结，业力难排；虽免地狱之酸，而堕在饿鬼之道。饿鬼的咽喉像针孔，滴水不通，肚子却如太山，三江难满。累月经年，都听不到水浆之名，而永久受饥饿之苦。纵使望见清凉冷水，一靠近就变成血水脓河，得到美食，也会化为猛火。

目连见母亲又在饿鬼道受苦，赶紧暂别母亲，为她觅食。他腾空到王舍城，向一位长者乞食。长者见目连非时乞食②，非常奇怪。目连将缘由诉说了一番，长者听了，想起人生无常，感慨地说：

> 但且歌、但且乐，人命由由（攸攸）知几何？
> 不见天堂受快乐，唯闻地狱罪人多。

---

① 沾光：现在俗语"沾光"一词，或即出典于此。
② 非时乞食：僧侣持戒，每日过了中午，就不再进食，这时目连是过午才去乞食。

有时吃、有时着，莫学愚人多贮积。

不如广造未来因，谁能保命存朝夕？

两两相看不觉死，钱财必莫于身惜。

一朝擗手入长棺，空浇坟上知何益？

智者用钱多造福，愚人将金买田宅。

平生辛苦觅钱财，死后总被他分擘。

长者将香饭交给目连，还发下大愿，愿所有罪人都得饱满。可是青提夫人虽遭地狱之苦，而悭贪之心未除，远远看见儿子捧着饭钵来，害怕其他饿鬼要来分享，就说："那个和尚是我的儿子，特地为我到人间拿饭来，你们可别打主意。我自己吃还嫌不够，就别指望我来救济你们。"

目连将饭钵奉上母亲，青提夫人生怕被人侵夺，连连抬起眼睛扫视周围的饿鬼，用左手护着钵，以右手将饭抟成饭团往口里送，饭未入口，变成猛火。虽然施饭的长者许下重愿，仍然抵不过青提夫人更深的悭障。

夫人见饭向前迎，悭贪未吃且空争。

我儿远取人间饭，持来自拟疗饥坑。

独吃犹看不饱足，诸人息意慢承忘。

青提悭贪业力重，入口喉中猛火生。

目连见母亲吃饭成猛火，肝胆犹如刀割。青提吃饭不成，就请求目连为她找点冷水来解渴。目连想到王舍城南有条恒河，阔浪无边，就运用神通，带母亲到河畔。还来不及咒愿，青提就左手托岸，右手抄水，睁眼一看，河水成了脓血，刚要入口，又化成猛火。

目连见母亲吃饭喝水，都成猛火，捶胸拍臆，悲号啼哭，知道自己德薄力微，不能救济母亲，来到世尊面前，恳求方便救济。世尊告诉他，要救济母亲，非他一人之力所能，必须依靠众力，才有办法，劝他在每年七月十五日，广造盂兰盆，普济众生。

目连承佛明教，就在王舍城边塔庙之前转读大乘经典，广造盂兰盆。有此善根，青提夫人才能在盆中得一顿饱饭吃。

可是在这之后，目连就再也见不到母亲。他又去问世尊，不知母亲仍在饿鬼道中，还是又堕地狱道？世尊回答说："你的母亲承你念经及造盂兰盆的功德，已经脱离了饿鬼道，转为畜生道，已向王舍城做黑狗去了。"于是目连在王舍城沿门托钵，寻找母亲。

一天，有只黑狗从一个长者人家冲出来，衔着目连的袈裟，忽然口作人语说："阿娘的孝顺子呀！你既能从地狱中救出阿娘，为何不救阿娘狗身之苦？"目连说："慈母！由于孩儿不孝顺，殃及慈母堕落地狱、饿鬼、畜生三途。不知慈母为狗身，比起地狱如何？"黑狗说："身为狗身，饥饿还能到坑中食人不净，口渴还能饮长流之水，早晚还能听主人诵经。我宁愿做狗，永远不愿听到地狱之名。"

目连带了黑狗到佛塔前，七日七夜，转诵大乘经典。青提也诚心忏悔，由此功德，青提退掉狗皮，挂在树上，恢复了女人之身。目连见状，对母亲说："阿娘！人身难得，中国①难生，佛法难闻，善心难发。阿娘！今得人身，便即修福。"

目连又陪着母亲去谒见世尊，请世尊观占母亲还有什么罪业，

---

① 中国：目连、青提，原是印度人，但变文已经将其中国化、通俗化，所以仍称中国。

世尊说她已经无罪。目连见母亲罪灭，满心欢喜，说："阿娘！归去来，阎浮提世界不堪停。生住死，本来无住处，西方佛国最为精。"

于是有天女下来迎接目连的母亲往忉利天受快乐。

第六章　鬼还鞭故尸变文

（附录：散花死尸）

【说明】

　　本篇残卷没有标题，《敦煌变文集》拟题为"地狱变文"，但所拟的题目是错的，因为变文的内容与地狱无关。在梁朝沙门僧旻、宝唱所集的《经律异相》卷第四十六有"鬼还鞭故尸十五"一条所记，倒是和这篇变文的故事吻合，因此，改拟为"鬼还鞭故尸"之题。

　　再者，《分别功德论》也有雷同的记载，而且"鬼还鞭故尸"只是故事的一半，后半段则是跟前半段相对照的"散花死尸"的故事。而后半段的故事又见于康僧会所译《旧杂譬喻经》卷下第五十一条，不过将散花死尸改为摩娑故骨而已，大意完全相同。

　　由于变文写卷残缺太甚，只好根据佛经将故事补足，又由于佛经记载简略而变文则作详细的描写，所以改写起来，并不匀称，这是无可奈何的事情。

【故事】

从前印度有个和尚常常在树下或墓地行诸禅观①，有一次，他看见一鬼咽喉像针孔，肚子如泰山，饥渴难当，手里握着根铁棒，来到墓地，挖出一具死尸，乱打了一千棒，才骂死尸说："恨你在生之日，悭吝、贪心、嫉妒，日夜只会算计别人，就从没发过一丝善心，头头增罪，种种造殃，害得我死后堕落在饿鬼道。"诗云：

在生恨你极无量，贪爱之心日夜忙。

老去和头全换却，少年眼也拟碗（剜）将②。

百般放圣谩侬着，千种为难为口粮。

在生忧他总恰好，业按眷属不分张。

缘男为女添新业，忧家忧计走忙忙。

尽头阿责死尸了，铁棒高抬打一场。

饿鬼余怒未消，又乱棒打了一顿，再数死尸之罪说："怨你这死尸在世之日，对父母不孝顺，对兄弟姐妹亲戚都无情无义，只知损人利己，害我受罪痛苦。"诗云：

恨汝生迷智，不曾闻好义。

五逆③向耶娘，万般恶业累。

---

① 禅观：坐禅而"观""念"真理。
② 碗将：大约是挖掉的意思。
③ 五逆：是五种极大的罪恶，《阿阇世王问五逆经》云："有五逆罪，若族姓子、族姓女为此五不救罪者，必入地狱不疑。云何为五？谓：杀父、害母、害阿罗汉、斗乱众僧、起恶意于如来所。"不过这里只是借用佛教常见的术语，其意不过相当于"忤逆"而已。

虎狼性纵恣，禽兽心长起。

姐妹似参辰，兄弟如火水。

内亲常不近，外族难知己。

责处罪过没休时，永劫沉沦为饿鬼。

又云：

念君在世过为灾，一去三途①更不回。

直为在生行不孝，又将铁棒打尸来②。

　　和尚看饿鬼不断打击死尸，劝他住手，饿鬼说："都是因为这具不争气的死尸，才害得我受尽苦楚。"和尚说："你痛打死尸又有什么用呢？为什么不打你的心，彻底忏悔呢？"

　　饿鬼这才面带惭色，渐渐隐去。

　　又有一天，和尚还在墓地行禅观，看到一个天神从天而降，在一具骷髅上散着香花，还摩娑着枯骨。和尚见了问道："你已经死了，还回来摩娑枯骨，散着香花是为了什么？"天神说："这是我以前的身体，在我生前，他不杀生、不偷盗、不邪淫、不欺骗、不恶骂、不嫉妒、不生气、不痴，使我死后得生天上，快乐无极。我怎么不爱重他呢？"和尚说："你怎不爱重你的心呢？善恶之本，都是从心造作的，不应舍本逐末。"天神听了，谢过和尚，冉冉上天。

---

① 三途：指地狱、饿鬼、畜生三恶道。

② 写卷至此下缺，改用佛经所载补充。

第七章　庐山远公话

【说明】

S.2073写卷题名《庐山远公话》，是宋太祖开宝五年（972年）的写卷。其成立之时代则当在五代（详见拙文《敦煌变文成立时代新探》，《人文学报》第二号）。

故事的主要内容是叙述慧远在庐山修道、建寺、讲经，后来被强盗掳去为奴，几年后又卖给宰相为奴，在相公家为奴六年，才恢复原来的面目。开头建寺一段，虽然穿插了一些神异的传说，但与《高僧传》卷六《慧远传》，还没有太大的差异。可是故事中最主要的部分——也就是为奴多年那一段，却完全与史实不符，看来整个故事都是虚构的。本来，小说总是虚构的成分多，但完全违背史实，仍不妥当。兹略举其与《高僧传》相悖之处如次：

（一）《高僧传》说慧远和弟弟慧持都投道要出家，而此篇却说弟弟慧持在家侍养母亲，没有出家。

（二）《高僧传》明明记载慧远的师父是道安，但此篇却说慧远的师父是旃檀和尚。反而说道安盗用慧远的《大涅槃经疏抄》。据《高僧传》，慧远有个弟子号法安，不知是否因此而误为道安？

（三）《高僧传》谓慧远"卜居庐阜三十余年，影不出山，迹不入俗，每送客游履，常以虎溪为界焉"，而此篇却说他在外辗转十余年。而且慧远在庐山备受四方尊崇，不曾为贼所劫。倒是他的弟弟慧持在四川的龙渊精舍，曾为反贼谯纵的侄子道福所侵扰，不过道福虽极凶残，劫掠了许多寺庙，残杀了不少僧侣，也骚扰过龙渊寺，但对慧持却不敢奈何，并无劫掳慧持为奴之事。

大约这篇写卷是借用慧远的大名，另编个故事，一方面阐扬因果报应的道理，一方面借相公说法、慧远说法，以及慧远与道安的辩难，说明一些佛教的教义。前者是故事的主体，以下自当叙述，而后者在情节上不甚重要，因此只稍微涉及而已。

【故事】

有个和尚，法号旃檀，他的弟子叫慧远。慧远是雁门楼烦①人，有个弟弟叫慧持，哥哥舍俗出家，弟弟在家侍养母亲。慧远跟着师父诵经习禅，很有进境。有一天，他合掌向师父请求说："弟子服侍师父多年，现在想外出云游，访一名山，作为隐遁修行之处。"

旃檀和尚同意他下山，并且嘱咐他："你可以到江南巡礼，逢庐山即住，那便是你修行之处。"

慧远拜别师父，随身带了一部《涅槃经》，便往江南进发。先到江州②，休息了几天，再向西行。走了五十多里，见前面一座高山，当地居民告诉他那是庐山，他知道那正是他修行之处，于是沿着崎岖的山路，攀登嵯峨的高峰。一路上，猿啼幽谷，虎啸深溪；枯松挂万岁之藤萝，桃花弄千春之艳色。慧远贪玩山景，不觉斜日西沉，

---

① 雁门楼烦：今山西原平东。
② 江州：今江西九江。

便在香炉峰顶北边，暂时结了个小草庵。天黑了，他就在腰间取出火石，点火焚香，然后结跏趺坐，念诵《涅槃经》。一时经声琅琅，法韵珊珊，感得大石摇动，百草亚身，瑞鸟灵禽，皆来赞叹。这时山神在庙里见到这些祥瑞，非常惊讶，就问："今天是谁当值？"

有个树神，一头三面，眼如悬镜，手里握着一条等身铁棒，到殿前行礼说："是我当值。"

山神说："刚才我觉得山石摇动，鸟兽惊忙。你去巡检山中，看看有何祥瑞。看是他方圣贤到此山中，还是异类精灵前来避难。如果来者能给此山安乐，就让他住下，要是让此山不安，你就将他驱逐离山。"

树神奉命，即刻寻溪渡水，山林岩穴，一一搜查。来到香炉峰北边，见一僧人，在草庵中结跏趺坐，念诵佛经。树神当时隐却神鬼之形，变成个老人，走到庵前，高声问安，慧远也答了声："万福。"

老人问："弟子不知和尚从何方来？要在庐山做什么？伏愿慈悲，乞垂一说。"

慧远答："贫道从雁门来，想在庐山住持修道。"

老人又问："刚才的妙响，是什么声音？"

慧远答："那是贫道念经之声，众生听了，都愿离苦解脱。"

老人听了，连称善哉，又问："和尚来这里有什么需要？"

慧远答："贫道如果能得一所寺舍伽蓝住持，以免风霜之苦，也就心满意足了。"

老人说："这是小事，弟子住在西边村里，等弟子回去跟村中老人商量，就来为和尚造寺。"

树神回到山神庙前，如实报告。山神非常高兴地说："我从无量劫以来，镇守此山，从来没有僧人来到，难得有位僧人来为此山长福禳灾。你立刻为我点检鬼神，为和尚造寺。"

天明的时候，慧远出庵而望，忽然见到一座新寺，知道是《大涅槃经》的威力，当时作成一偈云：

修竹萧萧四序春，交横流水净无尘。

缘墙薜荔枝枝绿，铺地莓苔点点新。

疏野免交城市闹，清虚不共俗为邻。

山神此地修精舍，要请僧人转法轮。

于是慧远入寺检查，发现各种设备都很齐全，只是泉水太小，担心以后僧人多了，水源不足，就在殿前将一块大石用锡杖撅开，石下忽有大量泉水涌出，这就是有名的锡杖泉①，这座寺就是化城寺，寺下泉水流注之处就是白莲池。

远公入寺安居后，陆续有信徒来寺礼拜，远公就为他们广说《大涅槃经》的经义，前后一年，听众如云，施利若雨。但是会中有个老人，听经一年，从未通报姓名，远公觉得很奇怪，有一次罢讲之后，远公就请教老人高姓大名，老人说："弟子听讲一年，还不能领悟《涅槃经》中的义理，所以还不愿通名报姓。"老人走后，远公心想，这位老人用心听经一年，还不明经义，其他听众，可想而知。于是他决定先制一部《涅槃经疏抄》，他先在殿前焚香祝祷说：

---

① 锡杖泉：这倒有所依据。慧皎《高僧传·慧远传》云："远于是与弟子数十人，南适荆州，住上明寺。后欲往罗浮，及届浔阳，见庐峰清静，足以息心，始住龙泉精舍。此处去水本远，远乃以杖叩地曰：'若此中可得栖止，当使朽壤抽泉。'言毕，清流涌出，浚矣成溪。"

"弟子为了众生迷心不解，想作《涅槃经疏抄》，使一切众生心开悟解，舍邪归正，现在将紫云毫神笔启告十方诸佛及土地灵祇，请做见证，如果弟子不合圣贤之意，笔就坠落山下。"

祝告完毕，他将毛笔一掷，毛笔居然停住空中。远公知道此举深契佛心。他当时掷笔之处，就称为掷笔峰。

远公用了三年的时间才将疏抄制成，还担心文字有差错，于是将八百卷疏抄拿到寺门外，广积香火，启告十方诸佛菩萨圣贤说："弟子为众生迷心不解，未悟大乘，想令众生开悟，所以修了《涅槃经疏抄》①，如果疏抄契合经义，愿火不能烧。"

祝毕，就将疏抄稿本放到火里。当时香火炽热，红焰连天，但稿本在火焰中却毫无损伤。远公知道疏抄契合佛心，就拿回寺中，据以宣讲。后来信徒更多，雨骤云奔，竞来听法。前后开启，约有数年。

这时寿州②境内有一伙强盗，贼首叫白庄，生性好杀。他听说庐山化城寺香火很盛，信徒施利极多，所以财帛不少。白庄就带了五百个党徒，来到江州界内才宣布命令，要在明天斋时，去劫掠庐山化城寺，并命令严守机密。可是仍被土地公知道，立刻到庐山来通知慧远及众僧。众僧得知，心怀惊怖，各自东西逃避。慧远

---

①《涅槃经疏抄》：慧远修《涅槃经疏抄》之事，僧传及目录都没有记载。至于烧经为证之事也是史无明证。倒是晋朝朱士行在洛阳讲竺佛朔译的《道行经》，觉得文句简略，意义未周，决心西行求经。在丁阗得到梵书正本九十章。派弟子弗如檀带回洛阳，而于阗王不准，"士行深忧痛心，乃求烧经为证，王即许焉。于是积薪殿前，以火焚之。士行临火誓曰：'若大法应流汉地，经当不燃；如其无护，命也如何？'言已，投经火中，火即为灭，不损一字，皮牒如本。大众骇服，咸称其神感，遂得送至陈留仓垣水南寺"（见慧皎《高僧传》卷四《义解·晋洛阳朱士行传》）。

② 寿州：今安徽寿县。

却不肯离开，他的上足弟子云庆和尚劝他避难，他说："《涅槃经》义，本无恐怖，若有恐怖，何名涅槃？汝与僧众要火急回避；我不能走。"

云庆见师父坚决不走，只好哭着跟僧众出寺逃避。远公见诸僧去后，犹坐禅庵，并无恐怖。

不久，白庄率领徒众奔冲入寺，指望能大收资财；但院院搜集，都找不到值钱的东西，只在寺外的禅庵捉到慧远。白庄问他："寺中有什么钱财衣物，尽速搬出来！"远公回答："此寺没打什么资财，纵有些些施利，也都设斋供给听众，没有存下财帛。"白庄很失望，但见到远公相貌堂堂，就想掳他为奴，就说："寺中既无财帛，你就当我的手力①吧！"慧远要求，当奴仆时准他念经，白庄也当众答应了。远公回到寺里拿僧衣，弟子云庆在山上看到，奔回寺里，向慧远敬礼说："刚才狂寇奔冲，甚为可怕，且喜贼军抽退，师父平安无事。"

远公说："《涅槃经》义，本无恐怖，若有恐怖，何名涅槃？从今以后，你切须精进，善为住持，我要跟你告别了。"

云庆讶异地问："师父为何忽发此言？"

慧远告诉他："我刚才答应他们的首领为他当奴仆，你以后切须努力。"

云庆一听，晕了过去，等他醒来，师父已经不见了，只留给他一部《涅槃经疏抄》。云庆只好再集僧众，凭《涅槃经疏抄》开启讲筵。听众听了，莫不落泪，就如见到远公一般。

过了几年，云庆还得不到师父的消息，又将《涅槃经疏抄》交

---

① 手力：唐人称奴仆为手力。

给道安①和尚。道安得到《涅槃经疏抄》，便带到洛阳福光寺内开启讲筵。道安讲《涅槃经》，感得听众如云，施利若雨，这时是晋文皇帝在治理东都洛阳的时候。由于道安的宣讲很叫座，听众无数，挤得讲筵开启不得，于是道安上表皇帝："臣奉敕旨，于福光寺内讲《涅槃经》，听人转多，有乱法筵，开启不得。伏乞敕旨，别赐指挥。"

当时皇帝有敕："若要听道安讲者，每人纳绢一匹，方得听一日。"

由于当时物价很贱，每人纳绢一匹，听讲的人还是太多，每天约有两三万人，寺院容纳不下，道安又写表上奏："臣奉敕旨，于福光寺内开讲筵。唯前敕令交纳绢一匹，听众转多，难为制约，伏乞重赐指挥。"

于是皇帝又有敕云："要听道安者，每人纳钱一百贯文②，方得听讲一日。"

有了这样的规定，每天不超过三五千人来听道安开讲。

这时远公又在何处呢？远公跟随着白庄逢州打州，逢县打县，朝游川野，暮宿山林。远公髡发齐眉，身挂短褐，一直做他的奴仆，这样过了好几年，虽然心念空门，却无由再入。

有一天，远公又宿于山间。这时，秋风乍起，落叶飘飙，山静林疏，霜沾草木。风经林内，吹竹如丝，月照青天，丹霞似锦。远公心怀惆怅，蒙眬睡着，梦见十方诸佛悉现云间，无量圣贤皆来

① 道安：道安为慧远之师，已见"说明"；而慧远并无修撰《涅槃经疏抄》之事，亦见注第104页注①。但慧远讲义，曾为弟子袭用，则慧皎《高僧传》曾有记载："远内通佛理，外善群书，夫预学徒，莫不依拟。时远讲《丧服经》，雷次宗、宗炳等，并执卷承旨。次宗后别著义疏，首称雷氏；宗炳因寄书嘲之曰：'昔与足下共于释和尚间面受此义，今便题卷首称雷氏乎？'"

② 一百贯文：五代时每称一百文为一百贯，行以一百贯文就是一百文的意思。

至此，喊慧远说："菩萨起来，不要贪睡，为什么不为众生念《涅槃经》？"

远公在梦中瞻礼不休。佛又对他说："你心里不要怅惘。你因为有宿债未偿，今生要算清楚，等你清偿了债务，就可以回庐山了。"

佛又将事情的原委告知。远公醒来，就念起《涅槃经》来。白庄被念经声惊醒，就问："那是什么声音？"左右说："报告将军，那是掳来的贱奴的念经声。"白庄大怒，唤远公到面前，责骂他说："这里又不是寺舍伽蓝，怎么可以念经？"远公说："将军当年掳我来时，答应准我念经的。"白庄说："我几时准你念经？"左右说："将军的确答应他念经的。"白庄说："念经本来是小事，不过我们这些土匪，命里带煞，不愿意听到念经的声音。"远公说："将军既不许念经，我就默念好了。"白庄说："算了，当初我掳你来，是因为在化城寺搜不到钱财，又正好缺个手力。现在我徒众更多，手力不少，就放你归山，任你修行好了。"远公答道："既然舍身为奴，就要服侍主人一生；如果主人用不着贱奴，也该卖掉得钱沽酒吃。"白庄呵呵大笑说："我是把你掳来的，又没有契约，叫我如何转手卖你？"远公说："只要当家生厮儿①炙，就无须契约。"白庄说："说得也是，那么我到什么地方卖你呢？"远公说："就把我带到东都洛阳卖吧。"白庄一听，勃然大怒："你这下等贱人，心里打的好主意，就想到东都告发我，叫我自投罗网！"远公说："贱奴如有此意，要机谋主人，愿今生死后，堕落地狱，无有出期。"白庄这才放心。

于是白庄带了几个亲信，扮成客商，带了几匹马和一些货物到

---

① 家生厮儿：奴仆所生的小奴仆。

东都来卖远公。到了东都，就到口马行头^①，叫远公自己手执标签，站着拍卖。观众见远公身材魁梧，相貌出众，无不咨嗟爱念。远公知道宿债未了，只好站着等待卖身来偿还白庄。

帝释既知此事，化身下界，变作崔相公的奴仆，来到口马行头，向口马牙人^②说："将这个人送到崔相公宅内。"牙人赶紧领了远公、白庄来到崔府，门官引见，直到厅前行礼。崔相公一见慧远，唯称大奇说："我昨夜梦见一个神人，入我宅内，今天来了这个生口，莫非应验了我的梦？"相公又问牙人："这是家生厮儿，还是别处买来？有没有契券？"牙人回答："他是白家生厮儿，没有契券。"相公问牙人："这个厮儿要卖多少钱？"牙人还没回答，慧远抢先答道："只要相公五贯钱文。"相公说："如果有什么技艺，五百贯钱也不算多，你就说说身上的技艺看。"

慧远说："贱奴能知人家以前三百年富，又知人家向后二百年贫。折艺衣服，四时汤药。传言送语，无问不答。诸家书体，粗会数般。匹马单枪，任请比试。锄禾刈麦，薄会些些。买卖交关，尽知去处。若于手下驱使，来之如风，实不顽慢。相公不信，贱奴自书卖身之契，即知诣实。"

相公命左右取来纸笔，慧远接过纸笔，谢过相公，就自书卖身契。相公看他的书法文句，非常赞赏，就令人取五百贯文给白庄。白庄得钱，不敢久住，就回到寿州界内。

慧远被卖，住在西院。他自知为了偿债，工作勤奋。有一夜，他梦中醒来，起坐念《涅槃经》，直至天明。当时相公在止厅听到

---

① 口马行头：买卖牲口的市场。

② 牙人：掮客、经纪人。

念经声，就和夫人循声到西院听经，也听到天亮。第二天早晨退朝，相公升厅而坐，在厅前集合了西院三十个家人，问道："昨夜西院内，是哪一个念的经？"管家报告说："是那大个子的贱奴。"相公又问慧远："昨夜是不是你在念经？"慧远说："是贱奴。"相公："是什么经？"慧远答："昨夜念的是《大涅槃经》。"相公问："你能念得多少卷？"慧远说："全部十二卷，昨夜贱奴都背诵了一遍。"相公说："你怎能背诵这么多经典？可别乱说。"慧远说："怎敢欺骗相公？"于是相公令慧远当场背诵。慧远背诵一遍，全无差错。相公听了，频称善哉，就召集了宅中大小良贱三百余口，告诉他们，从今以后，新来的贱奴，不得以下人看待他，并且为他取个名字叫善庆。

相公平日下朝后，常到福光寺听道安讲经。在慧远念经，取名善庆的第二天，他又到福光寺听讲，这回他带了善庆同行。到了福光寺，相公纳钱一百贯文，进入讲堂，善庆就在门外看马。须臾之间，见听众云奔雨骤，都到寺内。钟声停止后，又传出阵阵梵音，善庆听了，心怀惆怅，心想："不知是个什么样子的道安，讲得那么多人都能了解。但愿我一朝再登高座，重证十地①之果，为一切众生消灾。无论有邪无邪、有相无相，都因涅槃而灭度。"

下讲以后，男女齐散，善庆随相公归宅。这时夫人对相公说："相公这几年常到福光寺听道安上人讲《涅槃经》，听说涅槃经义，无量无边，为什么回来也不为妾说一句半句呢？"相公说："夫人读过《法华经》没有？"夫人说："读过。"相公说："经中道：'不清

---

① 十地：就是十住。谓既得信仰，然后进住于佛地之位。十住是：一、发心住；二、治地住；三、修行住；四、生贵住；五、具足方便住；六、正心住；七、不退住；八、童真住；九、法王子住；十、灌顶住。

说之，闻而不听。'"夫人说："那么愿相公为宅内良贱多少说一点，令大家心开悟解。"相公答应了。

于是夫人命家人洒扫厅馆，高设床座，唤大小良贱三百余口，都来厅前听相公说涅槃之义。

当晚，相公先为大家说八苦交煎：

"一、生苦：人在胎中，无论男女、贤愚、贵贱，一般受苦，母吃热饭，不异镬汤煮身；母吃冷物，恰如寒冰地狱；母若食饱，犹如夹口之中；母若饥时，生受倒生之苦。十月满足，将欲临盆，母亲骨节开张，犹如锯解。到了母子分解，血似屠羊。母亲在昏迷中，就问是男是女，听说是女，就庆幸母子平安，听说是男，更在昏迷之中，便即含笑。

"二、老苦：人寿百岁，犹如星火，须臾之间，就到七十八十，气力衰微。昔时年少，貌似春花，今既老来，何殊秋草。鸡皮鹤发，就要枯十，眼暗耳聋，青黄不辨。四肢沉重，百骨酸疼，去天渐远，去地应近。是人皆老，贵贱亦同；不拣贤愚，是共老苦。不如趁早，先造福田，人命刹那，看看过世。大须川意，便乃修行，一失人身，无由再复。

"三、病苦：四大之处，何曾有实？众缘假合，地水火风①，一脉不调，百病俱起。一削病倒，精神不安，唇干舌缩，脑痛头晕，骨节之间，犹如刀锯，晓夜受苦，无有休期。世间医术，只治有命之人，必死如何救得？而世人常受师人②的诳吓，反而枉杀众生，祈求鬼神，这种人死了以后，会堕落地狱。

---

① 地水火风：人身是四大配合而成。地是固态，水是液态，风是气态，火是热能。

② 师人：乩童一类的神棍。

"四、死苦：四大将要分解，魂魄逐风飘荡。兄弟长辞，爷娘永隔；妻儿朋友，无由再会。金银钱物，一任分掉，邸店庄园，不能带去。生闻英雄，死论福德，随业受报，任他所配。六道轮回，无有休期。

"五、五阴苦①：人身虽有绮罗缠体，但身体之内，怀着粪秽之腥膻。脓囊涕唾，日夜长流，处处不堪，全无实相。人心所欲，都从三寸气生，这是三毒②之苗，而五脏则是五欲之本。生理心理需要炽盛，是五阴苦。

"六、求不得苦：人生在世，各有所求；愿有福者能立志求无上菩提。如果要求世间的荣耀与资财，总是引起冲突，受到挫折。须知衣食是宿生注定的，想要得来生世上富贵，必定要今生修福。

"七、怨憎会苦：就如有人生了孩子，长大成人，不孝父母，五逆弥天，不交良友，总和坏人鬼混。出语毁辱六亲，兼及尊长。这叫多生冤家，世世没有休期。想要后世无冤，不如今生先修净行。

"八、爱别离苦：例如家中养得一男，父母看如珠玉，长大成人，才会辨东西方向，便即离乡别邑。父母日夜悬心而望，朝朝倚户，而至悲啼。到了过年过节，六亲都在眼前，忽忆在外之男，遂即气咽填凶，这就是爱别离苦。"

相公说了八苦交煎，宅中大小良贱三百多口，都拜谢相公。只有善庆想起以前在庐山讲经的情景，满眼是泪。相公问他心中有何不平之事？善庆回答说："我只是为了道安上人说法不能平等，心里难过。"

---

① 五阴苦：五阴，就是五蕴——色、受、想、行、识。即身心之总体。五阴苦就是炽盛生长之诸苦。
② 三毒：是贪、嗔、痴。

相公说："自从道安上人到京中讲赞，王侯将相每天都去听他说话，你怎能说他不是？何况你没有进去听他说法，怎么知道他讲赞不能平等？"

善庆说："正因为善庆昨夜随阿郎①入寺，给隔在门外，不准听经，就知道道安上人说法不能平等。因为他不懂应当传法入三等人之耳，以及四生、十类。"

相公问："什么是三等人？"

善庆说："三等人是指：第一是床上的病人，第二是被禁闭的囚徒，第三是奴仆。"

相公又问："什么是四生、十类呢？"

善庆说："四生是胎生、卵生、湿生、化生。十类是有形、无形、有相、无相、非有相、非无相、四足、二足、多足、无足。"

相公对四生、十类仍然不懂，善庆又为他一一解释，并有偈②云：

身生智未生，智□（生）身已老。

身恨智生迟，智恨身生早。

身智不相逢，曾经几度老。

身智若相逢，即得成佛道。

相公听了，如甘露入心；夫人听了，似醍醐灌顶。相公对善

---

① 阿郎：主人。

② 这首偈颂又见敦煌写卷S.2165，原题为"又真觉和尚云"。按，真觉和尚，就是灵照禅师。《景德传灯录》卷十八有传。见"吉州清原山行思禅师第六世福州雪峰义存禅师法嗣杭州龙华寺灵照禅师"条。他是高丽人，萍游闽越，终于后晋天福十二年（947年）丁未闰七月二十六日，寿七十八。

庆说："你说法不弱于道安，请你再为我说一些，令我心开悟。"于是善庆为相公、夫人说十二因缘：无明、行、识、名色、六人、触、受、爱、取、有、生、老死，使相公、夫人得无量福田。

善庆下了高座，向相公说："贱奴身虽下贱，但佛法一般；衣服不同，但体无两种。贱奴想跟相公入寺听讲，与道安讨论。"相公答应了，令他先用香汤沐浴，换上干净的衣服。

第二天晚上相公带了善庆到福光寺，先缴了二百贯文，两人就入内听讲。当时听众如云，施利若雨。行礼如仪以后，道安正要开始讲《大涅槃经·如来性品》，善庆忽然问他所根据的经文和章疏是什么。

道安不客气说："我佛如来妙理，义理幽玄，佛法难思，非君所会。纵使为你解说，也好像顽石安在水中，虽然水性本润，但仍不能透入顽石。我看你是个下贱之人，如何了解自由佛法？只有国王、大臣、智者才能了解。你没听说过'不可与言，而与之言，失言'①吗？你就低头莫语，用意专听。"

善庆说："座主就没听说过'以貌取人，失之子羽'②的话吗？宣扬佛法，应有平等之心，就如天上下雨润泽万物，甘甜的果树、苦涩的果树，都吸收水分，各以不同根基受用，而不是分别下甘雨、苦雨的。"

道安怒责善庆说："岂缘一鼠之恚，劳发千钧之弩？你不想想蟭蟟如何与鹏鸟比翼？你是在白费气力，懂事的话，就低头莫语。这一回还不听我的指挥，我就向相公请示后先杖打一顿，再把你赶出

---

① 语见《论语·卫灵公》篇。
② 语见《史记·仲尼弟子列传》。

寺门，不许听经。"

善庆说："座主身披法服，常宣真经，就应当兴无量之心，具六波罗蜜行，发菩提心，利益众生。怎么可以心无慈悯，毒害尤深，居然想将人杖打。座主行为，不合真宗；所出言辞，何殊外道？座主自称鹏鸟，直拟举翼摩天；叹别人是蟭蟟，栖宿常居小草。现在蟭蟟就想跟鹏鸟论辩经义，谁有一字差错，就做弟子。"

道安被难，杜口无词，隔了一阵，才叫善庆到座前说："刚才我说的话，只是跟你开玩笑，你不要生彼我之心，而我也不见怪你。原先我只不过担心你扰乱讲筵，有烦听众；现在既然知道你有才学，就请你就经题提出问题，贫道是以天人为师，义若涌泉，法如流水，你如要问，我是问无不答的。"

于是善庆先从《大涅槃经》这题目问起，道安解释过后，善庆又就道安所答，作更深入的问难。几经深入论辩，道安终于答不上来，手脚无措说："愿你慈悲，为我解说。"

善庆说："涅槃，本无恐怖，但请安心，勿怀忧虑。现在我不再问深奥的道理，只请问上人，您的《涅槃经疏抄》，从哪里得来？"

道安说："是从庐山远大师那儿得来的。"

善庆说："如果现在上人见到远公，还认不认得？"

道安说："如果现在我见到远公，实在认不得。"

善庆问："既然不认得他，请问《大涅槃经疏抄》是从哪里得来？"

道安答："是从远公的上足弟子云庆和尚那儿得来的。"

善庆说："上人不认得远公，如要找远公，贱奴便是。"

道安将了，心里还很疑惑说："我听说远大师身有异相，他的手腕有个肉环。如果你是远大师，就请现出异相。"

于是，慧远卷起袖子，左膊上果然有个肉环，而且放大光明。道安一见，立刻从高座下来，匍匐在地，膝行向前，恨自己有眼无珠，不识上人，雨泪悲啼，伏请慧远慈悲接受他的忏悔。慧远说："你不要心怀疑虑，也用不着苦泣悲啼，涅槃经义不是你所能透彻了解的。等我向相公请罪后，再来为你宣扬正法。"于是慧远走到相公跟前说："贱奴服侍相公日浅，未施汗马之功，反而在寺中扰乱法会，现在当众请罪，请科痛杖。"相公赶紧跪在地上说："弟子虽然身为宰相，但凡夫肉眼，不辨圣贤，竟让大师六载为奴，不但驱使前后，而且时常责骂上人，这样的罪过，要如何忏悔？"远公说："这是宿世因缘，今生要来清理，现在一偿百了，以后就不用忧虑了。"于是相公请求大师说明宿生因果。

远公说："相公和白庄前世都是商人，相公曾向白庄借了五百贯文。当时由贫道作保，后来相公还没有清偿债务，就去世了。贫道想要代偿，也不幸身死。后来轮几遍，都没有相遇；今生重逢，终于清偿了。"

相公悲啼自责说："弟子负别人的债，就应当自己偿还，怎可劳使上人，弟子此生死后，必定沉沦地狱。"

远公说："相公给白庄五百贯文，即已偿还宿债。"

这时听众都很感动，心生警惕。然后大众都请求慧远重升高座说法。慧远上了座，如临崖枯木，再得逢春；似沟涸之鱼，蒙放江海。经声历历，法韵珊珊，大众都深蒙利益。罢讲后，相公再于福光寺，重开香积之筵，大集两街僧尼，以金刀为慧远落发，并奏上皇帝。

皇帝览表大悦，令中书门下，排比释、道、儒三教同至福光寺，迎请远公入大内供养，并有种种恩赐。远公在大内供养了几年，六宫宗仰，五院虔恭，连皇帝都受了三皈五戒。

远公在宫中见诸人常将字纸扔在茅厕里，作偈告诫云：

> 儒童说五典，释教立三宗。
>
> 视礼行忠孝，挞遣出九农。
>
> 长扬并五策，字与藏经同。
>
> 不解生珍敬，秽用在厕中。
>
> 悟灭恒沙罪，多生忏不容。
>
> 陷身五百劫，常作厕中虫。①

慧远教化了宫中，后来仍然回到庐山，一面修行，一面教化，最后在庐山示寂。

---

① 这首偈颂也是真觉和尚——灵照禅师的作品。从偈颂的内容，可见国人对字纸的尊重由来久远。

第八章　舜子变

【说明】

我国自古看重忠、孝，而忠又是从孝扩充而来，可以说孝道是种种德行的根本。我国提倡孝道，少说也有几千年的历史，而第一位知名的孝子则首推大舜，大舜可说是我国孝道的确立者。因此，古来文献记载大舜行事的很多，汉以前的记载就有《尚书·尧典》《左传·昭公八年》《论语·泰伯》《孟子·万章》《礼记·祭法》《史记·五帝本纪》《墨子·尚贤》《庄子·盗跖》《韩非子·忠孝》《列女传·卷一》《说苑·建本》《楚辞·天问》，以及其他刻石等。其中除庄子、韩非子为维护自己的学说而持攻击的态度外，其余多在推崇舜的伟大。

这篇《舜子变》即根据古来传说，加以改编。其体裁看来像散文，但也常用整齐的句法；而且虽无严格的韵式，但也常以支、纸、置为韵脚。其完成的时代，则当在五代。又其作者可能是佛教徒，因为文中称天神为"帝释"。

【故事】

舜生于尧王理化之时，他的亲阿娘叫乐登夫人。在他小时，乐登夫人得了重病，卧床三年，临终对丈夫瞽叟说："我就要不行了，留个孩子在你手头，你要好好照顾，不要打他……"瞽叟回答说："人总会生病的，夫人不要操心，只管安心医治就会好的。"话刚说完，夫人就去世了。舜子持孝三年，非常悲伤。

服满以后，有一天瞽叟叫舜子说："我的舜子呀，你年纪小小的就没了娘，家世没人照顾，阿耶想娶个继阿娘来，不知我子觉得如何？"舜子恭敬回答说："如果阿耶娶了继阿娘来，我一定像对亲阿娘一样孝顺她。"于是瞽叟娶了个继阿娘。

后来，瞽叟又对舜子说："听说辽阳正在招兵买马，是个做生意的大好机会，阿耶想到辽阳去，沿路做点买卖。我大约去一年，我子好好照顾家里。"

瞽叟一去三年，毫无音信，舜子非常思念。有一天，从辽阳来了个老人带信给舜子，说他阿耶马上就要回家了。舜子高兴得不得了，立刻跑进内宅，向继阿娘跪拜了四拜。后娘见他跪拜了四拜，心中愤恨，说："无端向我跪拜，不知从哪里学来的巫术，存心要害我。"可是舜子却恭敬地说："刚得到大好消息，阿耶就要回家了，我两拜向阿娘请安，两拜向阿娘祝贺。"

后娘跟舜子说："你阿耶要回来，家里没什么准备，阿娘看后园的桃子已经熟了，你去摘些下来。"舜子高高兴兴上树摘桃。阿娘也来到树下，解散自己的发髻，拔下金钗，刺破自己的脚，然后叫舜子说："哎呀，我的脚给刺刺着啦，我子是孝顺的孩子，还不下来帮阿娘拔掉。"舜子赶紧下来看后娘的脚，后娘忽然大叫非礼，想惊动邻居，但邻人都下了田，没人过来。后娘只好悻悻回到房里去。

两三天后，瞽叟到家，舜子欢喜迎接，后娘却故意卧床不起。瞽叟到卧房里看她说："娘子见我回家，躺在床上不起来，是为了跟邻居怄气，还是天气不好伤风感冒？"后妻见丈夫进来，流着泪说：
"自从你到辽阳去，前家的孩子不孝，见到我在后园摘桃子，故意
在树下埋了许多毒刺，刺得我脚掌长疮，你不信看看就知道。他见
我发黑面白，就生猪狗之心，当时我想见官控告，但看在我们夫妻
情分上，只好等你给我公道。"

　　糊涂的瞽叟经不起后妻一激，立刻责骂舜子不孝，舜子唯恐伤
到后娘，不敢申辩。瞽叟气极了，高声说："象儿！给阿耶找荆杖
来，把前家哥哥打死。"象儿跑到阿娘房中找荆杖，拣了一条粗的，
后娘也向瞽叟说："孩子不孝就该好好打一顿，不要让他分辩道理。"
于是瞽叟把舜子的头发挂在庭中树上，从脖子打到脚跟，打得皮破
血流。

　　瞽叟打舜子，感得百鸟自鸣，慈乌洒血不止。由于舜子是孝顺
之男，帝释就到下界，化为老人，来为他疗伤，一下就痊愈，跟没
打过一样。舜子立刻回到书堂里，专心读书。

　　后娘一见舜子没被打死，满腔恨毒就打心头冒起，对丈夫说：
"自从你到辽阳去了以后，前家的孩子不孝，东院酒席常开，西院
书堂常闭，夜夜到外边跟坏人混在一起，从来没有回家睡过，还卖
掉田地庄园，学会一些害人的邪术，所以你用大棍子都打他不死。
要是让尧王知道了，不但你有罪，连我也都牵连在内。懂事的把离
书①给我，让我离开你远远的。"瞽叟说："把人打死，那是要判重
刑的呀！你有什么好计策，尽管说来，我一定照你的话去办。"后妻
说："要设计害死他，那是小事。"

　　后妻动了两三天坏脑筋，设计了一条毒计说："我看见后院的

―――――――――――

　　① 离书：离婚的证明文书。

空谷仓，多年不用，已经破损，就叫他上去修理，我们就在四边放火烧他。"瞽叟说："娘子虽然是女人，设计倒很精细。"于是，瞽叟喊舜子说："阿耶见后院的谷仓，多年失修，我儿何不将它修好，也显得我儿懂事。"舜子调了一堆泥水，又带了两顶斗笠，预备修补后遮雨水用的。当他正在修补的时候，后娘、瞽叟和象儿却撤去梯子，四面放火，一下子红焰连天，黑烟蔽日，舜子一时情急，两手各拿着一顶笠子，纵身往下跳，也许是得到土地神明的保佑，竟能平安落地，毫毛不损，回到书堂，乖乖读书。

后娘见舜子平安无事，满腔恨毒，打从心里冒起，又吵着要跟瞽叟离婚，瞽叟又答应跟她同谋陷害舜子。后娘又定了条毒计，这回是要舜子去淘井。帝释想帮舜子的忙，就在枯井中降下五百文银钱，舜子发现银钱，放在陶樽里教后娘提上去。可是后娘并不感激，唯恐舜子活着上来，会占用银钱，就怂恿瞽叟一同用大石将井填塞。后来，后娘还想再挖开井，确定舜子死在那里，但瞽叟不忍，没有答应。

帝释为了拯救舜子，变作一条黄龙钻出一条地道，引着舜子通往东边邻家的井里，没被压死。东邻的老母在汲水，听到井里有声，就发问："井里是不是有人？"舜子说："是我，就是西家的不孝子。"老太婆缒下绳子，设法救他上来，请他吃了一盘饭，就劝他赶紧离乡逃命。舜子先到亲娘的墓上拜祭过，就躲到远远的历山里去。

历山里有大片空地，舜子在那里开垦，有成群的野猪，用嘴拱地，替他开辟出垄；又有百鸟衔了种子抛在田里，帮他播种，上天降下甘霖，为他灌溉。因此，舜子年年丰收，愈来愈富裕。但是他心里却为不容于父母而难过。有一次在水边看到群鹿嬉游，相亲相爱，就感叹说："我为人身，怎么连麋鹿都不如呢？"

有一年，天下歉收，只有舜子丰登，舜子运了许多粮食回老家的州里粜卖，在路上遇到几个商人，舜子就问他们："冀郡姚家人都平安吗？"商人告诉他，他父亲已经瞎了双眼，后娘变得更顽劣，象儿成了白痴，连话都不会说。舜子听了，非常伤心。

舜子在州中粜米，天天看到后娘挑一担柴进城来卖，得了钱，买一点点米回家。舜子就在每次卖米给她时，悄悄将钱塞回米袋里还她。后娘心中暗喜，天天找舜子籴米，日子长了，瞽叟心中起疑，对后妻说："天下哪儿有这样的大好人呢？不会是我的舜子吧？"后妻说："他人在井底，用大石压住，再用土埋掉，哪有活命的道理？"瞽叟还不死心说："请你试着牵我到市上，也好向人家道谢呀。"第二天，后妻牵着瞽叟进城到粜米少年身边，瞽叟说："请问您是何方贤人，为什么待我们这么宽厚？"舜子说："知道你们生活困难，想能帮点小忙，算不了什么。"瞽叟一听，认出他的声音，说："你是我的舜子！"舜子立刻抱着父亲，失声大哭。瞽叟也泪流满面，舜子用舌去舔父亲的双眼，瞽叟两眼居然看见光明；后娘受到感动，也变成善良的人；弟弟也变聪明了，能开口说话。

当舜子陪伴父母回到家里，瞽叟召集了邻里，说他的后妻冤枉孝子，要将她杀死。舜子赶快求情说："要是将阿娘杀死，舜子不是就成了不孝的罪人吗？"瞽叟这才罢休，以后后娘也成了一心向善的人。邻里见了，非常感动，而舜子的孝名也就传闻天下。尧帝听到他的孝名，就将两个女儿娥皇、女英嫁给他。后来还将帝位禅让，由他继承为帝。

第九章　伍子胥变文

【说明】

谢海平《讲史性之变文研究》云："我国复仇故事中，时代最早，最脍炙人口，而又首尾一贯者，当推伍子胥故事。其所以能广布流传，当因故事之传奇性，深具吸引力。子胥凭三寸之舌及其刚毅魄力，竟能植千乘之国，发王者之墓，鞭仇人之尸。读之者心怀畅快，非但由于同情心之驱使，亦因平居多抑塞，乃借此自浇块垒也。"

有关伍子胥复仇鞭尸及忠贞刚烈报效吴国的故事，汉代以及汉以前的记载与评论已经很多，如《左传》《国语》《战国策》《史记》《吴越春秋》《越绝书》《庄子》《荀子》《韩非子》《吕氏春秋》《新书》《春秋繁露》《列女传》《说苑》《法言》《论衡》《盐铁论》等，其中有详有略，有记事有评论，各书之间有时也不免有抵牾的地方。这篇变文则以《史记》《吴越春秋》《越绝书》三种为主，配合其他各书的数据，再加上民间的传说、作者的杜撰糅合而成。

【故事】

从前周朝末年，七雄纷争，那时南方有个楚国，国大兵强。当楚平王为君的时候，宰相叫伍奢，义节忠贞，文武附身，性行淳直，意若风云。君主有美好的意旨与作为，他就顺从地彻底执行；但如果君主有错误，他也会犯颜直谏。伍奢有两个儿子，小的叫子胥，大的叫子尚。子胥在梁国做事，子尚在郑国做事，都是忠贞通达的青年。

　　这时楚王的太子，已经长成，但还没成家。楚王问百官说："我听说：国无东宫，半国旷地，东海流泉溢；树无枝，半树死。太子为半国之尊，现在还没结婚，关于太子的婚姻大事，卿等有什么建议？"大夫魏陵①报告说："臣闻秦穆公有位公主，年登二八，美丽过人——眉如尽月，颊似凝光，眼似流星，面如花色，发长七尺，鼻直颜方，耳似珰珠，手垂过膝，十指纤长。她是做太子妃最适当的人选。"

　　于是楚平王就派魏陵到秦国做媒。可是等魏陵从秦国接公主回国时，楚王为她的美色所惑，忽生狼虎之心，想占为己有。魏陵为了讨平王的欢心，也不顾是非，进言道："难得陛下高兴，愿陛下自己纳她为妃；东宫太子那边，我们替他另外再找，反正天下美女有的是，这在道理上没有什么说不过去。"平王听他一劝，正合心意，立即纳秦国公主为妃，而且在深宫里享艳福，三天不上朝。

　　伍奢得知消息，非常愤怒，披头散发到殿前直谏。平王见他做不祥的打扮，问道："有什么不祥之事？"伍奢说："臣见王无道，恐怕失国丧邦，不敢不谏。本来要为儿子娶媳妇，反而自纳为妃，父亲与子争妻，难道没有一点儿惭愧吗？这正是混乱法律，颠倒礼

---

　　① 大夫魏陵：魏陵之名，是作者杜撰的。据《左传·昭公十九年》的记载，出主意的人是少师费无极。而《史记·伍子胥列传》则作费无忌。

仪了。"平王被责，面惭失色，羞见群臣，说："国相！俗语说：成谋不说，覆水难收。事情已经到了这步田地，就不必再谏了。"伍奢见王不觉悟，又谏道："陛下是万人之主，统领万邦，怎么可以听信谗贼小臣的话，疏远了骨肉至亲呢？"

楚平王本来已经恼羞成怒，再加上奸臣魏陵从旁挑拨，楚平王干脆就把伍奢囚禁起来。魏陵又进谗言说："伍奢还有两个儿子，都很贤能，如不一起杀掉，将来会成为楚国的大患的。"平王告诉伍奢说："要是你能把你两个儿子召回来，我就让你活命；否则就将你处死。"伍奢说："我的大儿子伍尚为人仁慈，叫他一定就来；老二伍员为人刚毅忍辱，能成大事，他判断回来会一伙被擒，一定不肯回来的。"

平王不管，就派人去召子尚、子胥。子尚读了父亲的来书，非常悲伤，就哭着去请示郑王，郑王说："卿父被捕，要你们兄弟去救他，父亲有难，而做儿子的不能去救，怎能算是孝子呢？卿赶紧回国，不要犹豫。"于是子尚辞别郑王，星夜赶到梁国，去找弟弟子胥说："现在楚王无道，相信奸臣的谗言，把慈父囚禁起来，就要施以峻刑，现在来信要我们去救他，弟弟赶紧装束。"子胥说："楚王无道，才用贼臣之言，囚禁了父亲，本来是要杀他的，只是为了我们兄弟在外，怕我们以后为父报仇，所以伪造父亲的书信，老远来骗我们回去，好连我们一网打尽，斩草除根，我们千万不要上当，去自投罗网。"伍尚说："我知道回去了也不能保全父亲的性命，但是如果为求生而不回，以后又不能报仇雪耻，那不是让天下人讥笑了吗？如果你要为父亲报仇，你就快逃；我还是决定回去跟随父亲就义。"

使者见伍员不肯就范，就以武力来拘捕，伍子胥拔出武器来，使者知道他厉害，无一敢上前对付他。伍子胥扬言要为父兄报仇，就逃走了。

使者带伍尚回楚国，向平王请罪说：

奉命身充为急使，日夜奔波历数州，

会稽山南相趁及^①，拔剑拟欲斩臣头。

臣惧子胥手中剑，子胥怕臣俱总休，

彼此相拟不相近，遥语声声说事由：

却回报你平王道：即日兴兵报父仇！

平王一听，拍案大怒说："一寸之草，岂合量天；一根毫毛，拟拒炉炭？疯人疯语，不要理他。"就将伍奢、伍尚捉去杀头，伍尚临死前说："希望老天有眼，让弟弟逃得性命，为父亲报仇！"

楚王杀了伍奢、伍尚，又出敕悬赏千金，封千户邑，缉捕伍子胥，于是州县乡村，竞相搜捕，以贪重赏。

子胥逃到莽荡山间，按剑悲歌：

子胥发忿乃长吁，大丈夫屈厄何嗟叹？

天网恢恢道路穷，使我恓惶没投窜。

渴乏无食可充肠，垌野连翩而失伴。

遥闻天堑足风波，山岳峉嶤接云汉。

穷洲隈际绝舟船，若为得达江南岸？

上苍倘若逆人心，不免此处生留难。

---

① 趁及：赶上。

悲歌以后，继续前行，信业随缘[1]，来到颍水[2]。风中送来打纱的声音，子胥不敢再向前走，只好躲躲藏藏，悄悄往前走。

> 子胥行至颍水旁，渴乏饥荒难进路，
> 遥闻空里打纱声，屈节斜身便即住。
> 虑恐此处人相掩，捻脚攒形而映树。
> 量久稳审不须惊，渐向树间偷眼觑。
> 津旁更亦没男夫，唯见轻盈打纱女，
> 水底将头百过窥，波上玉腕千回举。
> 即欲向前从乞食，心意怀疑生犹豫。
> 进退不敢辄咨量，踟蹰即欲低头去。

浣纱女子抬头看见一个男子，行步獐狂，精神恍惚，面带饥色，腰佩宝剑，心知他是落难的伍子胥，很同情他的遭遇，想伸出援手，就喊住他说："剑客是何方君子？何国英才？看你的神情，若非侠客怀冤，就是被楚王追逐。请到我家饱餐一顿再上路如何？"伍子胥掩饰说："我原是楚国人，在越国做事，充当越国使者，要到楚国贡献礼物，并且到梁国、郑国交涉公务。没想到在江边被强盗抢劫，总算逃得性命，但已没有粮食。因为听到娘子打纱的声音，所以冒昧前来问路，只请指点哪一条路可通到会稽？"女子知道他饥饿，坚持请他先吃顿饭再走：

---

① 信业随缘：犹言听天由命。
② 颍水：据《吴越春秋》卷三所载，伍子胥遇浣女于溧阳濑水。

儿家①本住南阳县，二八容光如皎练，
拍纱潭下照红妆，水上荷花不如面。
客行犹同海泛舟，薄暮归巢畏日晚，
倘若不弃是卑微，愿君努力当餐饭。

伍子胥被再三挽留，就蹲在水畔，等女子送饭来。饭送来以后，子胥匆忙吃了几口，就告谢想动身，女子劝他吃完再走。子胥感荷她的厚爱，向她表白说：

下官身是伍子胥，避楚逃逝入南吴。
虑恐平王相捕逐，为此星夜涉穷途。
蒙赐一餐堪充饱，未审将何得相报？
身轻体健目精明，即欲取别登长路。
仆是弃背帝乡宾，今被平王见寻讨。
恩泽不用语人知，幸愿娘子知怀抱。

伍子胥叮嘱女子不要泄露他的行踪，女子听了很难过，她表明了她是纯粹出于同情心，别无他意。等伍子胥上路，她便抱石投河，以示保密。子胥听到女子投水的声音，找不到她的踪影，非常伤心：

语已含啼而拭泪，君子容仪顿憔悴，
倘若在后被追收，必道女子相带累。

---

① 儿家：唐宋女子多自称"儿"或"儿家"。儿与奴一声之转。

三十不与丈夫言，与母同居住邻里。

娇爱容光在目前，烈女忠贞浪虚弃。

唤言伍相勿怀疑，遂即抱石投河死。

子胥回头聊长望，怜念女子怀惆怅。

遥见抱石投河亡，不觉失声称冤枉。

无端颍水灭人踪，落泪悲嗟倍凄怆。

倘若在后得高迁，唯赠百金相殡葬。

　　子胥哭着，继续上路，登山入谷，绕涧寻源。见到龙蛇，就拔出长剑；遇见虎狼，就弯弓射箭。历尽千辛万苦，忽见河边有一人家，就前往叩门乞食。有一个妇人出来应门，原来是子胥的姐姐，姐弟抱头痛哭。姐姐让子胥饱餐后，劝他赶快出发。临别时，姐姐说：

旷大劫来有何罪，如今辜负阿爷娘。

虽得人身有富贵，父南子北各分张。

忽忆父兄行坐哭，令儿寸寸断肝肠。

不知弟今何处去？遗吾独自受恓惶。

我今更无眷恋处，恨不将身自灭亡。

　　子胥别姊称：

好住！不须啼哭数千行。

父兄枉被刑诛戮，心中写火剧煎汤。

丈夫今无天日分，雄心结怨苦苍苍。

倘逢天道开通日，誓愿活捉楚平王。

剜心并脔割，九族总须亡，

若其不如此，誓愿不还乡。

姐弟别后，伍子胥向南而行，走了二十余里，忽然眼跳耳热，就画地卜卦，而知道外甥在后追赶。于是作法禳灾，在头上洒水，将竹子插在腰间；又把木屐倒过来穿，并在地上画了天门地户，然后躺在芦苇中，咒曰："捉我者殃，趁我者亡，急急如律令！"原来伍子胥有两个外甥叫子安、子永，见到母亲在收拾餐具，知道是胥舅来过了，认为是个升官发财的大好机会，利欲熏心，竟不顾伤心的母亲，出门就追。追了十里路，还见不到人影，两人就在路旁歇息。子永少解阴阳，也画地而卜，占见阿舅头上有水，定落河滂；腰间有竹，冢墓成荒；木屐倒着，不进彷徨。若着此卦，必定身亡；不复寻觅，废我还乡。伍子胥再卜一卦，知道外甥已经折返，才继续奔走，星夜不停。

一天，他在田野里见到一座独立庄院，就叩门乞食，没想到开门的是他订了亲还没过门的未婚妻，她认出了乞食的人正是未婚夫，但他却矢口否认。

子胥叩门从乞食，其妻敛容而出应。

划见知是自家夫，即欲发言相识认。

妇人卓立审思量，不敢向前相附近。

以礼设拜乃逢迎，怨结啼声而借问：

"妾家住在荒郊侧，四向无邻独栖宿，

君子从何至此间，面带愁容有饥色。

> 落草獐狂似怯人，屈节攒形有乞食。
> 妾虽禁闭在深闺，与君影响微相识。"

伍子胥回答娘子：

> 仆是楚人充远使，涉历山川归故里。
> 在道失路乃迷昏，不觉行由来至此。
> 乡关迢递海西头，遥遥阻隔三江水。
> 适来专辄横相干，自侧于身实造次。
> 贵人多望错相认，不省从来识娘子。
> 今欲进发往江东，幸愿存情相指示。

他的未婚妻见他不敢正式承认自己的身份，就委婉用双关语作药名诗①传达心意："妾是伍茄之妇细辛②，早仕于梁，就礼未及当归，使妾闲居独活。膏莨姜芥，泽泻无怜，仰叹槟榔，何时远志。近闻楚王无道，遂发柴胡之心，诛妾家破芒消，屈身苜蓿，葳蕤怯弱，

---

① 双关语之药名诗：用谐声、双关作诗，原不登大雅之堂，但流行民间的通俗文学，却很常见，因为通俗文学出乎口，入乎耳，无须过于曲折深入，只要能参透双关语也就够了。早期的双关语，在南朝的民歌中最为常见，如《子夜歌》："前丝断缠绵，意欲结交情，春蚕易感化，丝子已复生。"以"丝"谐"思"。
又："怜欢好情怀，移居作乡里；桐树生门前，出入见梧子。"以"梧"谐"吾"。
再如唐代的《游仙窟》有云："于时，五嫂遂向果子上作机警曰：但问意如何，相知不在枣。十娘曰：'儿今正意密，不忍即分梨。'下官曰：'忽遇深恩，一生有杏。'五嫂曰：'当此之时，谁能忍柰？'"即以"枣"谐"早"，以"梨"谐"离"，以"杏"谐"辛"，以"柰"谐"奈"。
但这一篇变文的两首药名诗，将谐声双关用得太多，不免晦涩。
② 细辛：《游仙窟》有"遣少婢细辛酌酒"。看来《伍子胥变文》中巧遇未婚妻一段，可能多少受《游仙窟》的影响。

石胆难当，夫怕逃人，茱萸得脱，潜形菌草，匿影黎芦，状似被趁野干，遂使狂夫莨菪。妾忆泪沾赤石，结恨青箱；夜寝难可决明，日念舌干卷柏。闻君乞声厚朴，不觉踯躅君前，谓言夫婿麦门，遂使苁蓉缓步。看君龙齿，似妾狼牙，桔梗若为，愿陈枳壳。"伍子胥也用双关的药名诗答云："余亦不是伍茄之子，亦不是避难逃人，听说途之行李。余乃生于巴蜀，长在霍乡，父是蜈公，生居贝母，遂使金牙采宝，支子远行。刘寄奴是余贱朋，徐长卿为之贵友，共渡襄河，被寒水伤身，三伴芒消，唯余独活。每日悬肠断续，情思飘飘，独步恒山，石膏难渡，披岩巴戟，数值狼胡，乃意款冬，忽逢钟乳，留心半夏，不见郁金，余乃返步当归，芎穷至此。我之羊齿，非是狼牙，桔梗之情，愿知其意。"

女子见伍子胥不肯相认，就向他陈诉她的寂寞情怀，而且直接说明她是从他那对特别的门牙认出真实身份的，劝他住下来，暂时不要再奔波逃亡：

纵使从来不相识，错相识认有何妨。

妾是公孙钟鼎女，匹配君子事贞良。

夫主姓伍身为相，束发千里事君王。

自从一别音书绝，忆君愁肠气欲绝。

远道冥冥断寂寥，儿家不惯长欲别。

红颜憔悴不如常，相思落泪何曾歇。

年光虚掷守空闺，谁能度得芳菲节？

青楼夜夜减容光，只缘荡子仕于梁。

懒向庭前步明月，愁归帐里抱鸳鸯。

远附雁书将不达，天塞阻隔路遥长。

欲织残机情不喜，画眉羞对镜中妆。

偏怜鹊语蒲桃架，念燕双栖白玉堂，

君作秋胡不相识，妾亦无心学采桑。

见君口中双板齿，为此识认意相当。

粗饭一餐终不惜，愿君且住莫忽忙。

伍子胥虽然被未婚妻说破，但急于为父兄报仇，还是一口咬定他不是伍子胥，他说：

娘子莫漫横相干，人间大有相似者。

娘子夫主姓伍身为相，仆是寒门居草野。

倘见夫婿为通传，以理劝谏令归舍。

今缘事急往江东，不得停留复日夜。

女子知道他不纯为逃命，而且还要图谋大事，所以不再挽留他，供给一些粮食以后，只好让他离开。

伍子胥知道自己那两颗大门牙容易被人家认出来，就拿块石头把门牙敲掉。再向南方奔走，白天凭太阳辨认方向，夜里则根据星座来识别，终于到了吴江北岸，躲在芦苇丛中，观察形势，见江面辽阔，没有舟楫，不禁按剑悲歌：

江水淼漫波涛举，连天沸或浅或深。

飞沙蓬勃遮云汉，清风激浪欲摧林。

白草遍野覆平原，绿柳分行垂两岸。

乌鹊拾食遍交横，鱼龙踊跃而撩乱。

水猫游挞戏争奔，千回不觉长吁叹。

忽忆父兄枉被诛，即得五内心肠烂。

思量仇恨痛哀嗟，今日相逢不相舍。

我若命尽此江潭，死活总看今日夜。

不辞骸骨掩长波，父兄之仇终不断。

上苍靡草总由风，还是诸天威力化。

所幸在烟波上望见一叶扁舟，有个渔夫，手持纶钓，唱着渔歌。伍子胥赶紧大声招呼，渔人就摇船靠岸。子胥请他摆渡过江。渔夫说："观君器宇，不同凡俗，但看你面有饥色，不可空着肚子过江，等我回家拿饭来，吃后再渡江。"

伍子胥说："但求船渡，何敢望餐。"渔人说："还是先吃了再走，我听说：'麒麟得食，日行千里，凤凰得食，飞腾四海。'请帮我看着船，我去去就来。"说完就走。子胥心想："这个人口说回家拿饭，不会是去叫人来捉我吧？"愈想愈心虚，就离开船边，跑到芦苇中藏身。

不久渔人回到船边，拿来了一樽美酒、几斤鱼肉、十来片薄饼和一瓦罐饭。他找不到伍子胥，就向芦苇中喊话说："芦中之士，为什么要藏起来？我已经为你取来饮食，并无恶意。"子胥这才现身，千谢万谢。两人在江畔饱餐饮酒，然后摇船向江南。到了江心，子胥拿出怀中白璧，答谢渔人，渔人不肯接受，子胥以为他嫌少，又解下宝剑为酬。渔人停桨对他说："一餐饭所费无几，当不起你的重礼，如果为贪图钱财，楚王的赏赐，又该有多少呢？何况藏匿你的人，还要诛身灭族。龙泉宝剑，你就留着防身，璧玉荆珍，将来你还用得着。将来你富贵高迁，不要忘记今日。只要明白我的心意就好了，现在不必说什么感激的话。"

这时，岸树迎宾，江风送客，伍子胥唯见孤山森漫，回盼故乡，心怀抑郁。船近南岸，子胥问渔人："先生姓何名谁？乡贯何州何县？"渔人说："君为芦中之士，我为船上之人，何用称名道姓。君今逃逝，想投奔什么国家？"子胥说："想投奔越国。"渔人说："越国和楚国和顺，从不交兵，恐怕会将你捉了，送给楚国，那么你报仇的心愿就没法完成了。还不如投奔吴国的好，吴王跟楚国有仇，有过几度征战，而且他们没有贤臣，你去正好。"子胥问："我该用什么方法才能被吴王识拔任用呢？"渔人说："你到了吴国，进入都城，只要以泥涂面，披发獐狂，东西驰走，大哭三声。"子胥说："这是什么意思？"渔人说："以泥涂面，表示外浊内清；大哭三声，东西驰走，表示在寻觅明主；披发在市，表示你蒙冤居丧。"子胥谢过渔人，船一靠岸，立刻分手进发。子胥走了几步，回顾渔人，见他已弄翻了船，投水自尽。子胥激动得悲啼哽咽，遂作悲歌：

大江水兮森无边，云与水兮相接连。

痛兮痛兮难可忍，苦兮苦兮冤复冤。

自古人情有离别，生死富贵总关天。

先生恨胥何勿事？遂向江中而覆船。

波浪舟兮浮没沉，唱冤枉兮痛切深。

一寸愁肠似刀割，途中不禁泪沾襟。

望吴邦兮不可到，思帝乡兮怀恨深。

倘值明主得迁达，施展英雄一片心。

悲歌已了，气上冲咽；业也命也，并悉关天。继续登山越岭，渡水寻川，来到莽荡山间，见石壁万丈，藤竹纵横，想起往事，瞻望前程，不禁又为歌曰：

我所思兮道路长，涉江水兮入吴乡。
父兄冥莫知何在？零丁遣我独恓惶。
丈夫流浪随缘业，生死富贵亦何常？
平王曲受魏陵语，信用谗佞杀忠良。
思故乡兮愁难止，临水登山情不已。
楚帝轻盈怜细腰，宫里美女多饿死。
秦穆公女颜如玉，二八容光若桃李。
见其姿首纳为妃，岂合君王有此理？
自从逃逝镇①怀忧，使我孤遗无所投。
昼即途中寻鬼路，蹑影藏形恒夜游。
燕山勒颂知何日？冒染蓬尘双鬓秋。
不虑东西抗天塞，唯愁渴乏渡荒陬。
愿我平安达前所，行无滞碍得通流。
倘若吴中遇明主，兴兵先斩魏陵头！

又经历了千辛万苦，遭遇无数危险，终于抵达吴国。就依渔人的指示，披发进入都城，以泥土涂在脸上，獐狂大哭三声，东西驰走。有人上报吴王，吴王集合群臣，拨开珠帘说："朕昨夜三更梦见贤人入境，今天市上来了这个怀冤侠客，莫非应验了朕的梦吗？"

---

① 镇：长久的意思。

群臣一听，都舞蹈呵呵，俱称万岁。于是吴王命人去宣伍子胥。

子胥来到吴王宫殿，伏面在地，哽咽声嘶，许久才抬起头来。吴王知道他是伍子胥，深表同情，说："楚王不纳忠谏之辞，曲受佞臣的话，枉杀卿的父兄，令人悲愤。难为卿不畏山河阻隔，远涉风云，来到敝国，狭小的敝国，欢迎卿远道而来。"子胥揽起头发说："臣的父兄事君不够谨慎，被楚王诛杀，臣弃父离君逃走，真是不忠不孝的人。但臣听说：国之将丧，灾害竞兴；树欲摧折，风霜共逼。臣不幸遭逢皂白不分，龙蛇混杂的局面；想要自刎而死，又以大仇未雪，对不起地下的先人，所以前来投托明主。臣居草野，长在蓬门，本来是不堪服侍君王的，幸蒙陛下收录，无任感激。"吴王说："朕国狭窄，人才不多，朕要立卿为臣，不知卿是否觉得太委屈了？"子胥说："臣是小人，蒙王收录，已是分外垂恩。还蒙举立，实在不敢。"吴王问群臣的意见，群臣一致拥护王的旨意。于是吴王拜子胥为相。

子胥为相，怀着满腔的忠诚，夙夜匪懈，尽力报国。子胥治国一年，风调雨顺，四境安宁；治国二年，粮仓盈溢，全国清泰，吏绝贪残，官僚息暴；治国三年，六夷送款①，万国咸投；治国四年，耕者让畔，路不拾遗，城门不闭，无徭自活；治国五年，市无二价，牢狱无囚。这时，百姓时常请愿要兴兵伐楚，为相国报仇。吴王也说："往年朕就想出兵伐楚，但国力未充；而近年来，国内清泰，这都是相国之功。如不报仇，何名孝了？现在兴兵，正合其时。"于是吴王下敕招募勇士。

---

① 款：诚。

榜示七日，募得九十万精兵，就在城外集训，集训完毕，吴王亲临校阅，并慰劳战士。吴王问子胥："现在要伐楚，需要多少军队？"子胥答："有一万就够了。"吴王说："一万兵不免太少了吧？"子胥说："臣闻：'一人判死①，百人不敌，百若齐心，横行天下。'"吴王说："话虽如此，还是倾全国之师，方才妥当。"于是立子胥为元帅大将军行兵节度。

子胥辞别吴王，统率大军，浩浩荡荡，绵延几百里，开到江边：

将军马上卓大旗，兵士各各依条贯。

先锋踏道疾如风，即至黄河（长江）东北岸。

然后准备舟船渡江，开到长江西岸，进入楚境。

这时楚平王已经死了，昭王即位。昭王获知吴军来伐，征发百万大军，构筑种种防御工事。两军渐渐逼近，双方都列好阵势。须臾，战鼓雷鸣，矢刃交横，尘土蔽天，铁马嘶灭。楚军不敌，大败而逃，遍野横尸，干戈不得施张，人马重重相压。子胥衔尾直追，十战九胜，终于攻入楚都，焚烧宫殿，寻逐昭王，昭王弃城而走，还是被伍子胥捉到②。但找不到楚平王的陵墓，伍子胥问昭王："你父亲的坟陵究竟在哪里？"昭王回答："先王已经物化，他生前负君之罪，由我来偿还，所谓父愆子替，我的身体，任你脔割，何必要已

---

① 判死：就是拼命。
② 按史书所载，伍子胥并没有擒获楚昭王。如《史记·伍子胥列传》："及吴兵入郢，伍子胥求昭王既不得，乃掘楚平王墓，出其尸，鞭之三百然后已。"《吴越春秋·阖闾内传》："伍子胥以不得昭王，乃掘平王之墓，出其尸，鞭之三百，左足践腹，右手抉其目，谓之曰：谁使汝用谗谀之口，杀我父兄，岂不冤哉！"

死的人的尸骸？"伍子胥用苦刑逼供，昭王挨不住痛苦，只好说出来，原来平王的坟墓秘密盖在湖底。于是，伍子胥命部下戽干了湖水，找到平王的骸骨，斩了昭王、魏陵，灭了魏陵九族，来到江边祭他父兄之灵曰："小子员不孝，父兄枉被诛戮，但因为力量不及，所以蹉跎年岁，不能报仇。现在杀了仇人父子，弃掷江中，奉祭父兄，唯神纳受。"然后再将平王戮尸，将所有的仇人全都抛入大江，这才发声大哭，感得日月无光，江河混沸，云昏雾暗，地动山摧，兵众含啼，人人凄怆。子胥因为寻觅父兄遗骸不得，就为父兄立像建祠，纪念他们。

子胥从楚国收兵，移兵郑、梁二国，先去信给郑王责问他说："楚平王无道，枉诛我父兄。家兄子尚，是君之臣，君不为他设法，为何将他送回楚国受死？"郑王得信，非常害怕，想要动员军队抵抗，又明知不敌，计无所出，只好悬下重赏："谁能阻挡吴军，寡人与他分国共治。"这时渔人的儿子前来应募，说："臣能阻挡吴军，无须寸兵尺剑，只要一条小船、一只鲍鱼、一瓯麦饭、一樽美酒就行了。"郑王依他的设计，如数供应。

郑王关闭城门，留了渔人之子在城东河里，看他如何退得吴军。子胥大军渐渐逼近，离郑国三十余里，派先头部队去刺探敌情。先锋到了城下，只见四门紧闭，城东护城河里有一个人，坐在小船上，大声说："芦中人，不是穷士吗？我有一樽美酒、五斤鱼肉、十片薄饼、一罐麦饭，请到船边来吃吧！"然后唱歌：

凶即请自当，吉则知吾意。

倘若事明君，荣华取富贵。

忽尔事相当，愿勿生遗弃。

先锋依实回报，子胥知道那一定是渔人的孩子，心里很欢喜，说："我有冤仇，当然要报，但是受人之恩，岂可遗忘？有恩不报，还成人吗？"快马加鞭，来到城下，抱着渔人的儿子，悲喜交集。郑王这时赶紧出来告罪，渔人的儿子乘机向子胥求情，请他放过郑国。子胥立刻遵命。于是渔人的儿子受了重赏，郑王也准备丰盛的酒食慰劳吴军。

子胥又统兵到梁国。梁王听说吴军快到，先杀牛千头，烹羊万口，酒浆粮食列在路旁，堆积如山，又扎好帐篷，欢迎吴军。子胥一到，梁王肘行膝步，亲至马前谢罪。子胥见梁王诚恳，将士欢喜，也就宽宥了梁王。

子胥班师回国，经过颍水，感念浣纱女子的厚恩，就依当时的承诺，取出百金投入颍水，子胥祭曰：

我昔逃逝入南吴，在路相逢从乞食。
惭君与我一中餐，抱石投河而命极。
自从分别岁年多，朝朝暮暮长相忆，
念君神识逐波涛，游魂散漫随荆棘。

语已含啼而启告：

冥灵幸愿知怀抱。
既能贞质投河亡，黄泉能莫生茕嗟。

幽冥路隔不相知，生死由来各异道。

更无余物奉于君，唯取百金相殡报。

　　子胥祭祀以后，回兵到姐姐家，捉到外甥子安、子永，髠了头发，打掉他们的门牙，把他们贬为奴仆。

　　然后伍子胥又来到未婚妻家，要迎她回吴国成亲。他亲自叩门，但未婚妻却紧闭门户，不肯接纳。伍子胥隔着门说："我以前遭楚平王之难，你好意接纳我；现在我已经报仇凯旋，你为何却拒绝我呢？"未婚妻在庭中回答："当年你有困厄，我存心跟随你，你却不肯表明身份。夫妻义重，我认为应当同生共死，但你却拒绝了我。当你贫贱时不肯相顾盼，现在你富贵了我也无须你提携。我要让你知道我是不贪恋荣华富贵的。"子胥诚恳认罪，在门外拜谢叩头。未婚妻见他殷勤认错，就开门接纳他。两人恩恩爱爱，并辔回吴国，一路上以玉鞭拍打金鞍，唱着凯歌：

我天兵兮不可对，塞平川兮千万队。

一扫万里绝尘埃，征讨楚军如瓦碎。

大丈夫儿天道通，提戈骤甲远从戎。

战卒骁雄如虎豹，铁骑狰狞真似龙。

布阵铺云垂曳地，神族集鹤发陵空。

横行天下无对当，将知万国总还同。

乐兮乐兮今日乐，欢兮欢兮今日欢。

金鞭打节齐生和，寻途遂乃入吴中。

凯旋之后，子胥向吴王报告战争的过程及辉煌的战果，吴王大喜，重赏有功的将士。[①]

---

① 写卷至此未毕，还有若干文字，大略可分几个段落：

1）越王勾践，伐吴失败。但战后吴王致疾而死，临死向子胥托孤。太子夫差立为吴王。

2）吴王夫差做了个不吉祥的梦，奸臣宰嚭曲意解梦，阿谀吴王；伍子胥直言道破，引起吴王不快。冲突加剧后，伍子胥被吴王强迫自杀。子胥死前要求将头颅挂在城门，以便看越军入城。

3）子胥死后，越国向吴国贷粟四百万石，后来将粟蒸熟还给吴国，吴王见粟肥大以为是优良品种，令百姓种植，结果入土不生，引起饥荒。

4）越国以金、玉、珍珠、美女贿赂宰嚭，宰嚭被越国收买。

5）越王兴四十万大军伐吴，礼敬怒蛙以激励士气，又将自己御用的酒倒在河里，与将士同醉。

6）伍子胥向吴王托梦告警。

以下写卷残缺。由于前面到恩仇并了时，故事已经很完整，所以就在那里打住。

第十章　汉将王陵变

【说明】

王陵是辅佐汉高祖定天下的功臣之一，但并非举足轻重的人物，并无赫赫战功，所以《史记》并未为他立传，其事略见于《陈丞相世家》。《汉书》虽有《王陵传》，但也很简略，而且多半因袭《史记》。而王陵之所以传名后世，最重要的原因，还是他母亲死节的关系。

《史记·陈丞相世家》云："陵少文、任气、好直言。及高祖起沛，入至咸阳，陵亦自聚党数千人居南阳，不肯从沛公。及汉王之还攻项籍，陵乃以兵属汉。项羽取陵母置军中，陵使至，则东乡坐陵母，欲以招陵。陵母既私送使者，泣曰：'为老妾语陵，谨事汉王。汉王，长者也。无以老妾故持二心。妾以死送使者。'遂伏剑而死。项王怒，烹陵母。陵卒从汉王定天下。"

《汉书·王陵传》《续列女传》及班彪《王命论》所载略同。王陵的母亲以死坚定儿子的信心，极为后人所钦敬，除上述资料外，西晋陆机的《汉高祖功臣颂》有云："安国达观，悠悠我思。依依哲母，既明且慈。引身伏剑，永言固之。"

而且清嘉庆二十五年（1825年）出土的东汉武梁祠刻石，也刻有王陵母亲殉节的图绘。可见陵母之节义，为后世留下无穷的思念，不但名标青史，也为民间百姓所崇仰，与徐庶母的行谊同为后人所乐道。从这篇《汉将王陵变》，也可见在陵母牺牲一千多年后，她的故事在民间流行盛况的一斑。

这篇变文的主旨在表彰王陵母亲的义烈，但为了提高陵母牺牲的伟大，也就先相对提高王陵的战功，以收相得益彰之效。所以有关王陵的功勋，乃至籍贯等，都与史书不符。不过民间故事总是如此，不是多加渲染，就是横生枝节，不足为怪。

这篇《汉将王陵变》形式韵散错出，是典型的变文形式。

【故事】

从前，刘邦、项羽仗三尺白刃，推翻暴秦，拨乱中原，后来，刘、项相争，连年鞍不离马背，甲不离将身。几年之内，大阵七十二阵，小阵三十三阵，刘邦都输给了西楚霸王。

有一天，汉王刘邦听到军中喊叫痛苦的声音，心中悲伤，于是号令三军："如果有人怨恨我，可以任意上殿，砍掉我的头去送给西楚霸王。"三军听了，心里很感动，都离开汉王三十步远以外的地方下营。

到了入夜起更以后，左先锋兵马使兼御史大夫王陵和右先锋兵马使兼御史大夫灌婴二将商量，要到楚方去斫营①。二将夜里就去向汉王报告，这下可吓得汉王汗流浃背说："好！你们要来砍我的头，就请上殿。"王陵恭请奏道："我们服膺领导，怎敢有这种念头；我

---

① 斫营：袭击敌营。《三国志·吴志·甘宁传》："曹公出濡须，宁为前部督，受敕出斫敌前营。"

们只因见到陛下频频战败，今夜想动身到楚家斫营，请求主上批准。"汉王闻奏，龙颜大悦，开库赐给他们雕弓两张、宝箭两百支，吩咐他们说："希望你们早日平安回来，免得我担忧。"

二将辞别汉王，喂饱马匹，检查了装备，上马出发，人如电掣，马似流星，几天工夫，就到了楚汉交界的地方。他们远远看到楚家的巡逻队，躲在深草里，放他们过去，原来是左将丁公、右将雍齿，各领一百骑兵巡营。等他们过去后，王陵、灌婴找到一个隐蔽的地方，系好马匹，王陵又脱下汗衫，在入口做个标记，说："斫过敌营，我们就在这里会合，不见不散。"

二将先藏在楚营附近探听更号，约定三更开始动手。到了二更四点，项羽在大帐中忽然惊醒，觉得精神恍惚，神思不安。掀帐一看，只见六十万部众，结成五花营，军容壮盛，平安无事。但还放不下心，就高声喝问："帐前是谁当值？"季布握刀回答说："是我——季布。"项羽说："命你带领三百将士，巡营一遭。"季布应了声："是！"

季布奉令带兵巡营，来到中军营门，守军喝问："来者是谁？"季布说："我是季布。"又问："为什么到此？"季布答："奉霸王令巡营。"问："有没有口号？"季布说了口号，卫兵就打开大门，放出大军。王陵、灌婴就趁此机会，混进巡营的队伍，而且偷得口号。季布巡营，没有发现任何动静，于是解散队伍，回来缴令。于是二将动手斫营：

> 羽下精兵六十万，团军下却五花营。
>
> 将士夜深浑睡着，不知汉将入偷营。
>
> 王陵抬刀南伴斫，将士初从梦里惊。

从帐下来犹未醒，乱煞何曾识姓名。

暗地行刀声劈劈，帐前死者乱纵横。

项羽领兵至北面，不那南边有灌婴。

灌婴揭幕纵横斫，直拟今宵作血坑。

项羽连声唱祸事，不遣诸门乱出兵。

二将蓦^①营行数里，在后唯闻相煞声。

　　二将在混乱中离开楚营，各自奔向约会的地方，王陵先到，灌婴后到，两人握手相庆，王陵说："现在大难已过，可是还有小难。"灌婴说："我们已经达成任务，就直接回汉界，还有什么小难？"王陵说："刚才我在等你的时候，看到楚将丁公、雍齿各率一队百把人的骑兵，从前面通过，封锁了通路。不过我有条计策，你看是否可行。"王陵把计策告诉灌婴，灌婴频频点首。

　　二将上马，来到丁公、雍齿防守之处，王陵喊了口号，然后宣称："我王有敕：'左将丁公、右将雍齿，为何不细心检查，让汉军渗透入营？刚才有三十六人偷入斫营，已经捉到三十四人，还有两人在逃，你们要用心缉捕。'"丁、雍二人一听霸王有敕，立刻下马跪接命令，王陵、灌婴话没说完，立刻策马冲过。丁公、雍齿知道上当，火急上马传令追赶。王陵、灌婴一边跑，一边反身射箭，楚兵纷纷落马，逐渐脱离追兵，进入汉界，这时他们大声喊道："你们传语项羽，斫营的人是王陵和灌婴！"

　　天亮以前，楚营清点了死伤，黑夜里自相残杀，死伤了好几万人，项羽大怒。这时丁公与雍齿前来报告说："斫营的人是汉将王陵

---

　　① 蓦：越过。

与灌婴，而且扬言还要再来。"霸王听了更怒不可遏。

楚将钟离昧听说敌将里有王陵，就向霸王报告说："王陵的老家在绥州①茶城村，等我带军去把他抓来，要是他不在家，也把他母亲绑来。"于是钟离昧带了三百骑兵到绥州去，找不到王陵，就把王陵的母亲逮到楚营。楚霸王威胁她写信召王陵来投降，王陵的母亲不肯。诗云：

> 无道将军是项羽，步卒精神若狼虎。
>
> 汉将王陵来斫营，发使交人捉他母。
>
> 遂将生杖引将来，搭箭弯弓如（而）大怒。
>
> 三魂真遣掌前飞，收拾精神听我语：
>
> "何得交儿仕汉王，窃盗偷踪斫营去？
>
> 如今火急要王陵，但愿修书须命取。
>
> 若不得王陵入楚来，常向此间为受苦。"
>
> 陵母天生有大贤，闻唤王陵意惨然。
>
> 须是女儿②怀智（志）节，高声便答霸王言：
>
> "自从楚汉争天下，万姓惶惶总不安。
>
> 斫营比是王陵过，无拿（奈）老母有何怨？"
>
> 更欲从头知有道，仰面唯称告上天：
>
> "但愿汉存朝帝阙，老身甘奉入黄泉。"

霸王气极了，下令将王陵的母亲髡发齐眉，换上短褐衣，用铁

---

① 绥州：在今陕西绥德县境。按，王陵籍贯，变文说是绥州，与《史记》所载不合，《史记》说他是沛人。

② 女儿：唐宋妇女自称为"女儿"，而不拘年龄大小。

钳套住，带到各队受杖刑。陵母经不起苦刑，扑倒在地，一手按着地，抬起头来，呼喊儿子的名字。诗云：

苦见陵母不招儿，遂交转队苦陵迟，
扑枷卧于枪下倒，失声不觉唤娇儿：
"忆昔汝父临终日，尘莫天黄物未知，
道子久后于光祖，定难安邦必有期。
阿娘长记儿心腹，一事高皇更不移。
斫营拟是传天下，万代我儿是门眉（楣）。
不见乳（汝）堂朝荣贵，先死黄泉事我儿。"
回头乃报楚家将："大须归家着乡土，
一朝儿郎偷得高皇号，还解捉你儿郎母。"

楚兵听了，也都心酸，都想回家省视自己的母亲。

王陵、灌婴得胜凯归，汉王决定派人去下战书，张良推荐卢绾为使。卢绾到了楚营，霸王命人押着王陵母亲来给卢绾看。卢绾回到汉营，立刻将钟离眛捉得陵母在楚营受苦的情形向汉王报告。汉王大惊，立刻召见王陵，要他入楚救母，并且派卢绾相随。到了楚汉交界，卢馆要王陵先在边界等候消息，先由他入楚探听联络。

王陵的母亲见到卢绾，知道王陵即将入楚，非常着急，恐怕儿子前来送死，想教卢绾警告他别来，又没有好办法。于是下定决心，告诉楚霸王，说她愿意写信召儿子来归降，但是要借把宝剑用。霸王高兴她肯修书，但奇怪她要宝剑做什么。陵母回答说："我必须割下一绺头发，封在信里为信号，我儿才会星夜兼程入楚救母。"项羽给了她一把宝剑。宝剑到手，王陵母亲退后几步，交代了几句话，立刻横剑自刎。

> 其时风云皆惨切，百鸟见之而泣血。
> 界首先报王陵知；然后具奏高皇说：
> "汝（我）奉将军交探亲，入营重见太夫人；
> 闻道将军在界首，举目南占克是嗔。
> 荒（慌）忙设计如雨息，恐怕临时事不真；
> 回头乃报传语去，却发南头事汉君。
> 倘若一朝拜金阙，莫忘娘娘乳哺恩。
> 莫怪将哀当面报，夫人自刎楚营门。"
> 王陵既见使人说，肝肠寸断如刀割，
> 举身自扑如山崩，耳鼻之中皆洒血：
> "阿娘何必到如斯，盖是逆儿行事拙。
> 倘若一朝汉家兴，举手先斩钟离昧。"

王陵与卢绾回营向汉王报告一切，汉王大惊，立刻召见张良，共商大事。张良乃命太史在金牌上画了王陵母亲的遗像，集合了三百员战将，四十万大军，举行最隆重的祭礼，并且追赠她为国太夫人。这时，王陵母亲的英灵从楚营内乘着一朵黑云，来到汉营的上空谢恩，然后冉冉升天。

第十一章　捉季布传文

【说明】

季布是汉初名将，尤以重然诺一事传颂千古，《史记·季布列传》引楚谚曰："得黄金百斤，不如得季布一诺。"可是《捉季布传文》却没有提到这一点，而只就《史记·季布列传》开头一段，加以改编，《史记》的记载如下：

"季布者，楚人也。为气任侠，有名于楚。项籍使将兵，数窘汉王。及项羽灭，高祖购求布千金；敢有舍匿，罪及三族。季布匿濮阳周氏。周氏曰：'汉购将军急，迹且至臣家，将军能听臣，臣敢献计；即不能，愿先自刭。'季布许之。乃髡钳季布，衣褐衣，置广柳军中，并与其家童数十人之鲁朱家所卖之。朱家心知是季布，乃买而置之田，诚其子曰：'田事听此奴，必与同食。'朱家乃乘轺车之洛阳，见汝阴侯滕公，滕公留朱家饮，数日，因谓滕公曰：'季布何大罪，而上求之急也？'滕公曰：'布数为项羽窘上，上怨之，故必欲得之。'朱家曰：'君视季布何如人也？'曰：'贤者也。'朱家曰：'臣各为其主用，季布为项籍用，职耳；项氏臣可尽诛耶？今上始得天下，独以己之私怨求一人，何示天下之不广也。且以季布之贤而汉求之急如此，此不北走胡即南走越耳。夫忌壮士以资敌国，此伍子胥所以鞭荆平王之墓也。君何不从容为上言邪？'汝阴侯滕公心知朱家大侠，意季布匿其所，乃许曰：'诺。'待间，果言如朱家指，上乃赦季布。当是时，诸公皆多季布能摧刚为柔，朱家亦以此名闻当世。"（按，《汉书》亦袭用其文，而与田叔合传）

典型的变文其形式是诗文间杂的，但《捉季布传文》却全由诗句组成，而且一韵到底，这是我国现存的最长的叙事诗。其他篇幅较长的叙事诗，像古诗《焦仲卿妻》（开端是"孔雀东南飞"句）一首是三百五十五句的五言诗，白居易的《长恨歌》是一百二十句的七言诗，韦庄的《秦妇吟》是二百三十八句的七言诗；而这篇《捉季布传文》却是七言诗六百四十句，一韵到底，气魄不凡，值得特别留意。由于它是气势雄伟的叙事诗，不读原诗，难以体会个中韵味，因此，以下录其原诗，并将其大意与之对照，故事的大意，只供作媒介，完全不足以表达原诗的趣味与韵律。

【故事】

昔时楚汉定西秦，未辨龙蛇立二君。
连年战败江河沸，累岁相持日月昏。
汉下谋臣真似雨，楚家猛将恰如云。
各佐本王争社稷，数载交锋未立尊。

从前当楚汉联手推翻秦朝的时候，项羽和刘邦还没有分出高下，两人都自命为君王。连年战争使天下混乱得像江河沸腾　样，刘邦虽然常吃败仗，但还是坚持下去，使日月昏暗，不得清明。楚汉双方都有无数的谋臣猛将，就像雨像云那般无边无量。大家都尽心尽力辅佐自己的领袖来争天下，由于旗鼓相当，交锋几年，还不能使天下定于一尊。

　　后至三年冬十月，沮水河边再举军，
　　楚汉两家排阵讫，观风占气势相吞，
　　马勒銮珂人系甲，各忧胜败在逡巡。

　　后来到了大汉三年（前200年）冬天十月的时候，双方在沮水河边又集结部队要决战，楚汉各自占了最有利的风向或形势，排好严整的阵势，都想一举将敌人击溃。战士和战马都装束妥当，大家也担忧即将决定的胜败生死。

　　楚家季布能词说，官为御史大夫身，
　　遂奏霸王夸辩捷，称："有良谋应吉辰，
　　臣见两家排阵讫，虎斗龙争必损人；
　　臣骂汉王三五口，不施弓弩遣抽军。"

　　楚霸王手下有个口才很好的臣子叫季布，当时身居御史大夫的职位，就向霸王夸示他的辩才，报告说："在这个我们即将胜利的好日子，我有个好计谋，我看到两方排好的阵势，杀气腾腾，交战起来，龙争虎斗，非常惨烈，纵使战胜，死伤必多，不如让我骂他汉王几句，不用任何武器，保管叫他急急收军，不敢对抗。"

　　霸王闻奏如斯语："据卿所奏大忠臣。
　　戈戟相冲犹不退，如何闻骂肯抽军？
　　卿既舌端怀辩提，不得妖言误寡人。"

霸王听了季布的报告，就说："从你的报告可以看出你是个大忠臣。可是两军厮杀，戈戟相冲，战士还不肯退后，怎么听到人家一骂就会退兵呢？既然你的舌头便捷，就让你试一试，可不能以空话误了寡人的大事。"

> 季布既蒙王许骂，意似狞龙拟吐云，
> 遂唤上将钟离末①，各将轻骑后随身。
> 出阵抛旗强百步，驻马攒蹄②不动尘。
> 腰下狼牙定四羽，臂上乌号③挂六钧。
> 顺风高绰低牟炽④，逆箭长垂锁甲裙。

季布得到霸王允许他骂阵的将令，意气风发，像猛龙吐云似的。于是要上将钟离昧掠阵，二人身后都跟随着一队轻骑护卫着。二将出阵一百多步，插了旗帜，驻马停蹄，立在阵前。腰下箭筒里放着狼牙箭，箭后都安着四片羽毛，臂上挂着有六钧拉力强劲的乌号弓。为了要发话，占了上风，而且揭去保护头颅颜面的头盔高高举在手

---

① 钟离末：《史记·淮阴侯列传》作"钟离昧"。

② 攒蹄：攒是聚的意思，聚蹄，即停蹄。

③ 乌号：良弓名，说法很多，今只取其一，《淮南子·原道》篇："射者扞乌号之弓，弯棊卫之箭。"注："桑柘其材坚劲，乌峙其上，即将飞，枝挠下，乌不敢飞，号呼其上，伐其枝以为弓，因曰乌号。"

④ 顺风高绰低牟炽。绰，在这里是抓的意思。《水浒传》第二十二回："花荣披挂，拴束了弓箭，绰枪上马。"低牟，应该就是兜鍪，兜鍪就是胄，也就是头盔。慧琳《一切经音义》："甲胄：广雅：胄、兜鍪也。中国行此音；亦言鞮鍪，江南行此音——鞮音低、鍪音莫侯反。"炽字不可解，有人改为帜字，也说不通。炽字可能有误，可能是帽字，"兜鍪帽"跟下句"锁甲裙"相对。顺风高绰兜鍪帽，是摘下保护头颅颜面的头盔，表示要传话，而不是要攻击的意思。

里。为了抵挡敌人射箭，腰下还是系上连环锁子甲的裙子。

　　　　遥望汉王招手骂，发言可以动乾坤，
　　　　高声直喋呼："刘季！公是徐州丰县人。
　　　　母解缉麻居村墅，父能牧放住乡村；
　　　　公曾洒水为亭长，久于阛阓①受饥贫。
　　　　因接秦家离乱后，自号为王假乱真。
　　　　鸦鸟如何披凤翼？鼋龟争敢挂龙鳞？
　　　　百战百输天不佑，士卒三分折二分。
　　　　何不草绳而自缚，归降我王乞宽恩？
　　　　更若执迷夸斗敌，活捉生擒放没因。"
　　　　鼙鼓未跑旗未播，语大言高一一闻。

　　远远望着汉王就招手开始骂阵，声音大得可以震动天地，高声直喊汉王的名字说："刘季！我知道你是徐州丰县人。父母都是乡巴佬，你的母亲只会绩麻，你父亲只懂放牛；你自己也不过在泗水当过小小的亭长，经常在市井里受着饥贫。因为凑巧碰到秦朝覆亡，天下离乱，你就自号为王，以假乱真。你不想想，乌鸦怎能披上凤翼，乌龟又怎能挂得上龙鳞呢？你得不到上天的庇佑，所以才百战百输，你的士卒也折损了三分之二。你为什么不自己用草绳将自己捆绑，归降我王乞求宽恕呢？如果你还执迷不悟，妄想敌对，等到被生擒活捉，就别想能侥幸被释放了。"由于还没开战，战鼓未敲，军旗未展，季布的嗓门又洪亮，每句话都随风传送到汉军阵营里去。

―――――――――――

　　① 阛阓：阛，市垣；阓，市门；阛阓，可用以泛指市肆而言。

更若执迷夸斗敌，活捉生擒放没因。
鼙鼓未施旗未播，语大言高一一闻。
汉王被骂牵宗祖，羞看左右耻君臣。
凤怯寒鸦嫌树闹，龙怕凡鱼避水昏；
拨马挥鞭而便走，阵似山崩透野尘。
走到下坡而憩歇，重整戈矛问大臣：
"昨日两军排战阵，忽闻二将语纷纭；
阵前立马摇鞭者，骂詈高声是甚人？"

汉王不但自己挨骂，还连累到先人，满面羞愧，觉得无颜面对左右臣下，就像凤凰嫌寒鸦吵闹，不愿同栖，又似蛟龙怕凡鱼令水浑浊，而不愿同游。挥鞭拨马就跑，一下子，军心动摇，阵势如山崩似的溃散，败兵撤退扬起漫山遍野的尘埃。第二天汉王到山坡后面停下来歇息，整顿了部队的装备，才缓过气来问大臣说："昨天敌我两军刚好摆好阵势，忽然听到两个敌将出阵胡言乱语，不知在阵前立马摇鞭高声谩骂的是什么人？"

问讫萧何而奏曰："昨朝二将骋顽嚚①，
凌毁大王臣等辱，骂触龙颜天地嗔。
骏马雕鞍穿锁甲，旗下依依认得真，
只是季布钟离末，终之更不是余人。"

---

① 顽嚚：顽劣愚恶。《尚书·尧典》："父顽母嚚。"传："心不则德义之经为顽、言不忠信为嚚。"

汉王问了，萧何立刻报告说："昨天早晨两个敌将在阵前逞口舌之快，表现他们的顽劣愚恶，凌辱毁谤大王，使我们做臣子的都受到侮辱，他们的谩骂不但触犯了大王，连天地都要震怒。在旗下骑在骏马雕鞍上，穿着锁子甲的人，我认得很清楚，就是季布和钟离昧，绝对不是别人。"

汉王闻语深怀怒，拍案颦眉巨耐嗔：
"不能助汉余狂寇，假政迋君①毁寡人。
寡人若也无天分，公然万事不言论；
若得片云遮顶上，楚将来投总要存，
唯有季布钟离末，火炙油煎未是迟。
卿与寡人同记着，抄名录姓莫因循。
忽期南面称尊日，活捉粉骨细扬尘！"

汉王听了，非常愤怒，忍不住拍案皱眉说："那些不能帮助我们的残贼，竟敢冒充正统行欺君之实，公然毁谤我。要是我没有天分，成不了事，那么什么事情也只好不提了，但如果我有幸得到上天的眷顾，灭楚定天下，楚国败将来投奔的，我都会好好安顿他们，就只有季布跟钟离昧，就是要我把他们用火烤，用油煎，我也不觉得为难的。你帮我记着，立刻把他们的姓名抄下来。倘若有朝一日我能登大位南面称尊，我一定要把他们两个活捉，叫他们粉身碎骨，当风扬灰，才泄我心头之恨！"

---

① 假政迋君：政，就是"正"。迋是往的古字，但似应作"枉"，枉君就是欺君。

后至五年冬十月^①，会垓灭楚静烟尘；
项羽乌江而自刎，当时四塞绝芬芸（纷纭）。

后来在汉五年（前203年）冬天十二月，汉兵围垓下，灭楚，结束了战争，项羽在乌江自刎，天下一统，再也不是扰攘不安的局面。

楚家败将来投汉，汉王与赏尽垂恩；
唯有季布钟离末，始知口是祸之门，
不敢显名于圣代，分头逃难自藏身。

这时楚的败将来投奔汉王的，汉王都垂恩奖赏；只有季布、钟离昧二人，这才体认出口是祸之门的道理，不敢在圣明安乐的时代显名扬姓，只好分头逃难，各自藏身了。

是时汉帝兴皇业，洛阳^②登极独称尊。
四人乐业三边^③静，八表来苏万姓忻。
圣德巍巍而偃武，皇恩荡荡而修文。
心念未能诛季布，常是龙颜眉未分。
遂令出敕于天下，遣捉艰（奸）凶搜逆臣。
捉得赏金官万户，藏隐封刀斩一门。
旬日敕文天下遍，不论州县配乡村。

---

① 十月：按，据《汉书·本纪》，灭楚在十二月。
② 洛阳：西汉都长安，此篇称洛阳，有误。此篇可能为五代作品，而五代多都洛阳。
③ 三边：谓匈奴、南越、朝鲜。见《史记·律书》。

这时汉王在长安登极称至尊，而兴起了汉家的帝业。士、农、工、商四民都安居乐业，匈奴、南越、朝鲜也平静无事，八方远人都来归向，所有人民都欢欣爱戴。由于皇帝恩德的宽广崇高，所以天下偃武修文。只是皇帝心里总念着不能诛杀季布而不畅快，经常皱着眉头。于是出公告到全天下，下达缉捕奸凶逆臣的命令。谁能捉到季布的，除了赏金之外，还任命为万户的长官；谁敢隐藏他，皇帝就要钦赐刀剑，将他满门抄斩。十天之内，布告贴遍了天下所有的州县，以至于乡村。

> 季布得知皇帝恨，惊狂莫不丧神魂。
> 唯嗟世上无藏处，天宽地窄大愁人。
> 遂入历山溪谷内，偷生避死隐藏身。
> 夜则村墅偷飧馔，晓入山林伴兽群。
> 嫌日月，爱星辰，昼潜暮出怕逢人。
> 大丈夫儿遭此难，都缘不识圣明君。
> 如斯旦夕愁危难，时时自叹气如云。
> 一自汉王登九五①，黎庶昭苏万姓忻。
> 唯我罪浓忧性命，究竟如何问此身。
> 自刭他诛应有日，冲天入地若无因。
> 忍饥受渴终难过，须投分义旧情亲。
> 初更乍黑人行少，越墙直入马坊门。

---

① 九五：《易》之九五象君位，故天子之位称九五之尊。《易·系辞上》："崇高莫大乎富贵。"疏："王者居九五富贵之位。"

更深潜至堂阶下，花药园中影树身。

季布得知皇帝愤恨不消，几乎吓得魂都没有。只有叹息世上无处藏身，觉得天空虽然辽阔，但大地却狭窄得无处容身，心里非常着急。只好进入历山的溪谷里，为了偷生而躲藏着。黑夜里才敢到乡村的田庐里偷点食物充饥，天明以后就得躲在山林里与兽群为伴了。季布怕见日月的光华，只敢利用星光出来活动，就怕被人撞见。季布心想，身为大丈夫，竟遭逢这种灾难，都是因为自己当时不能认识真命天子。现在处在朝不保夕的危难中，只有自怨自艾叹息的份儿了。他又想：从汉王登了天子之位，天下人民都有了生机，人人欢欣，只有我罪孽太重，担忧性命不保，前途茫茫，毫无把握。想要冲天入地逃过法网是一点办法也没有，总有一天不是自杀身亡，就得受人诛戮。在山林里忍饥受渴，是再也熬不下去了，总得投奔一个讲究义气的亲戚朋友。打定主意，就在初更天黑，路上行人稀少的时候，翻墙进入一家人家的马厩里，藏匿到更深人静时，才潜行到厅堂下，在花药园里的树影里躲着。

周氏夫妻餐馔次，须臾感得动精神；
罢饭停餐惊耳热，捻箸横匙怪眼润①。
忽然起立望门问："阶下干当②是鬼神，
若是生人须早语，忽然是鬼奔丘坟；
问着不言惊动仆，利剑钢刀必损君。"

———————————

① 眼润：润，目动或肌肉动瞤都是。眼润是眼皮跳动。
② 干当：干，是犯，不以礼见、冒进的意思。当字在变文里时常放在及物动词后面作为语助词，而没有什么意思。

这时主人周氏夫妻刚在吃晚饭，总觉得精神不安，有所感应，不是感到耳朵发热，就是眼皮跳动，于是推开汤匙，捻着筷子，停下晚饭，忽然起立对着门口发话说："冒失来到阶下的是鬼是神？如果是活人的话就趁早开口说话，假如是鬼就请快奔回坟墓，我问过话以后你还不开口，我就要惊动仆人，到时他们的利剑钢刀，不免会损伤到你了。"

　　季布暗中轻报曰："可想阶下无鬼神，
　　只是旧时亲分义，夜送千金来与君。"

季布躲在阴影中轻声回答说："你知道阶下是没有鬼神的，我只是以前的老朋友，夜里特地来送千金给你。"

　　周谧①按声而问曰："凡是千金须有恩，
　　忽道远来酬分义，此语应虚莫再论；
　　更深越墙来入宅，夜静无人但说真。"

周氏也压低声音问道："凡是送人千金的，必定是受过大恩的人，而你突然说是远道来送千金给老朋友，这话很不合理，你不要再欺骗人了。你在夜里越墙到我家来，一定有什么隐秘的事，现在夜静无人，就请直言无讳。"

---

　　① 周谧：《史记》作周氏。谧字可能是同音而误。

季布低声而对曰："切莫语高动四邻。
不问未能咨说得，既蒙垂问即申陈。
深夜不必盘名姓，仆是前年骂阵人。"

季布低声回答说："请别高声，以免惊动四邻。你不问起，我也
不好说出口来；既蒙垂问，我就向你报告吧，在这更深人静的时候，
请不要盘问我的姓名，我就是前年骂阵的人哪！"

周氏便知是季布，下阶迎接叙寒温。
乃问："大夫自隔阔，寒暑频移度数春，
自从有敕交寻捉，何处藏身更不闻。"

周氏一听，就知道说话的人是季布，连忙下阶来迎接他，先寒
暄了一下，就问道："跟你分别以来，春去秋来，不知不觉，已经过
了好几年。自从皇帝下达缉捕你的命令，不知道你在哪里藏身呢？"

季布闻言而啼泣："自往难危切莫论。
一从骂破高皇阵，潜山伏草受艰辛。
似鸟在罗忧翅羽，如鱼向鼎惜歧（鳍）鳞。
特将残命投仁弟，如何垂分乞安存。"

季布经他一问，不禁落泪说："这一阵的危难，真是个提也罢。
唉！就因为当初骂破皇帝的战阵，才落得必须潜伏在山林草莽间受
苦受难。现在，我就像飞鸟陷在罗网里，游鱼掉到热锅中，时时担
忧性命不保。今夜特地带着残命来投奔你，无论如何，请你念在以

往的交情，设法周全一下。”

周氏见其言恳切：“大夫请不下心神。
一自相交如管鲍，契义情深兴拔尘。
今受困厄天地窄，更向何边投甚人？
九族潘遭违敕罪，死生相为莫忧身。”

周氏见季布情词恳切，就说：“请你不要再操心了，从我们订交，两人就如管仲与鲍叔牙，是道义相契、感情深厚的老交情。今天你受到困厄，无处容身，再也不要考虑去投奔什么人了，我就是拼着身受违敕的罪名，使九族受到连累，我也要不顾生死来维护你，请不要为自己的安全担忧。”

执手上堂相对坐，索饭同餐酒数巡。
周氏向妻申子细，还道：“情浓旧故人。
今遭国难来投仆，辄莫误扬闻四邻。”

于是周氏牵着季布的手，一齐上堂，分宾主坐下，叫妻子添饭备酒，酒过数巡，周氏向妻子仔细说明：“这是感情深厚的老朋友，不幸遭逢国难来投奔我，你不要张扬出去让四邻知道。”

季布遂藏复壁内，鬼神难知人不闻。
周氏身名缘在县，每朝巾帻入公门。
处分交妻盘送饭，礼同翁伯好供勤。
争那高皇酬恨切，扇开帘卷问大臣：

"朕遣诸州寻季布，如何累月音不闻？
应是官寮心怠慢，至今逆贼未藏身。"

从此季布就隐身周氏家的复壁内，神不知鬼不觉，人就更不必
说了。周氏因为在县衙里有职务，每天都得打点整齐去上班，就交
代妻子要亲自以食盘送饭供应季布，周氏的妻子也服侍得很周到，
就像侍奉公公或大伯一般。季布的性命原已得到保障，怎奈皇帝报
仇心切，在上朝时打开翣扇、卷起珠帘质问大臣说："我叫各州寻找
季布，为什么连月来都没有消息呢？这应该是官僚们心存怠慢，做
事不积极，才令逆贼至今还没现身。"

遂遣所司重出敕，改条换格①转精勤。
白土拂墙交画影，丹青画影更逼真。
所在两家团一保，察知有无具状申。
先拆重棚除复壁，后交播土更扬尘。
寻山逐水熏岩穴，踏草搜林塞墓门。
察貌勘名擒捉得，赏金赐玉拜官新。
藏隐一餐停一宿，灭族诛家斩六亲。

于是命令主管的衙门重新出敕，将规定改得更为积极。在重要
的地方刷白了墙壁，画了季布的像，有的甚至还设了色，使它更加
逼真。在季布可能藏身的州县，规定每两家连保，互相监视，有什

———

① 条格：法规。《元史·刑法志》："其书之大纲有三：一曰诏制，二曰条格，三
曰断例。"

么动静都得申报。又命令拆除所有房舍的重棚复壁，务必拆除得干干净净。再派人遍搜山间水际，凡有洞穴，都得用烟熏过，草莽森林，一一检查，墓门也都要完全堵死。每人的姓名与状貌都经过仔细核对。如果能捕捉到，不但赏金赐玉，还可升迁官位。要是有人敢收留逃犯吃一顿饭或住一宿，就要满门抄斩，株连六亲。

> 仍差朱解①为齐使，面别天阶出国门。
>
> 骤马摇鞭旬日到，望捉奸凶贵子孙。
>
> 来到濮阳公馆下，具述天心宣敕文。
>
> 州官县宰皆忧惧，捕捉惟愁失帝恩。
>
> 其时周氏闻宣敕，由（犹）如大石陌石琭②。
>
> 自隐多时藏在宅，骨寒毛竖失精神。
>
> 归到壁前看季布，面如土色结眉频。
>
> 良久沉吟无别语，唯言祸难在逡巡。

于是差朱家担任专使到齐地去，朱家当面亲受帝命，离开了京城。朱家一心盼望能捉到奸徒，加官进爵，福荫子孙，于是快马加鞭，不过十天工夫，就来到濮阳。一到公馆，就具述皇帝急切的心情，并且宣读了敕文。州县的长官都很忧虑惧怕，唯恐捕捉不得，失去皇帝的欢心。当时周氏在场听到朱家宣布敕文，心中沉重，仿佛压了块大石头。一想到季布已隐在自己家里多时，不禁一阵寒意冷到骨里，汗毛都竖起来，变得失神落魄。回家后，到

---

① 朱解：《史记》作朱家。

② 琭：应该作"镇"。镇可读平声，音同而误。

复壁前看季布，吓得面如土色，频频皱眉，许久都说不出话来，嘴里只是念念有词说："祸难就要临头了。"

> 季布不知专使至，却着解辞怪主人：
> "院长①不须相恐吓，仆且常闻俗谚云：
> 古来久住令人贱，从前又说水烦昏。
> 君嫌叨黩相轻弃，别处难安负罪身。
> 结交义断人情薄，仆应自煞在今晨。"

季布不知专使到了，见周氏说大祸临头，却反而错怪周氏说："院长用不着找理由来恐吓我，我常听俗谚说：'自古在亲友家中住久了，都令人看得贱了，又说水搅动久了也会变浑的。'你嫌我太过叨扰了，就把我看轻而想抛弃。我也想应该告辞，只苦于别处难以安顿我这负罪的人；既然你对我的情义变得淡薄甚至断绝了，今朝我就自杀算了。"

> 周氏低声而对曰："兄且听言不用嗔。
> 皇帝恨兄心紧切，专使新来宣敕文。
> 黄牒分明帖在市，垂赏捶金条格新。
> 先拆重棚除覆壁，后交播土更扬尘。
> 如斯严命交寻捉，兄身弟命大难存。
> 兄且况曾为御史，德重官高艺绝伦，
> 氏且一家甘鼎镬，可惜兄身变微尘。"

---

① 院长：宋人称节级为院长，可能起自晚唐五代。节级是低阶的军吏。

周氏低声回答说："兄长别生气，先听我说。皇帝恨你的心非常急切，刚刚派来一位专使，宣读新的敕文。黄色的布告分明贴在市里，赏金以及其他的奖励都有新的规定。而且勒令所有的房舍都要拆除重棚复壁，拆除工作要彻底，检查也严密。像这般严厉的通缉令，看样子，兄长和小弟的性命都难以保存了。我一家被鼎镬烹煮也就罢了，只可惜兄长你曾为御史，官位高，道德重，又有大本领，眼看也要被诛戮而变作微尘了。"

季布惊忧而问曰："只今天专使是谁人？"
周氏报言："官御史，姓朱名解受皇恩。"
其时季布闻朱解，点头微笑两眉分：
"若是别人忧性命，朱解之徒何足论。
见说无能虚受禄，心粗阙武又亏文。
直饶堕却千金赏，遮莫①高捶万铤银。
皇威敕牒虽严迅②，播尘扬土也无因。
既交朱解来寻捉，有计隈依③出得身。"

季布这才吃惊着急地问道："新来的钦差专使到底是谁呢？"
周氏答道："他是现任御史，姓朱名家，他就是钦差大臣。"
当时季布听说专使是朱家，竟点头微笑，舒展双眉说："要是别人当专使，我们就有性命之忧，至于像朱家这种人，就不足挂齿了。

① 遮莫：尽管。
② 严迅：严峻。
③ 隈依：与猥地、隈地同意，即背后之意。

我听说他并没有什么才能，只是虚占官位，心思粗疏，文才武艺也都欠缺。尽管悬赏千万金银，尽管皇帝的命令再严峻，尽管搜索再彻底，既然派了朱家来负责搜寻捕捉，我就有计策可以从背后脱身出头了。”

周氏闻言心大怪，出语如风弄国君：

“本来发使交寻捉，兄且如何出得身？”

周氏听了心里很奇怪，觉得他在说疯话，竟把君令当作儿戏，就说：“皇帝派遣专使，就专为搜寻捕捉你的，你还有什么机会可以出头呢？”

季布乃言：“今有计，弟但看仆出这身。

兀（髡）发剪头披短褐，假作家生一贱人①。

但道兖州庄上汉，随君出入往来频。

待伊朱解回归日，扣（口）马行头②卖仆身。

朱解忽然③来买口，商量莫共苦争论。

忽然买仆身将去，擎鞭执帽不辞辛。

天饶得见高皇面，由（犹）如病鹤再凌云。”

季布说：“我有条计策，老弟你就看我靠它出头吧。我的计策

---

① 家生贱人：贱人就是奴婢，家生是奴婢所生，仍为奴婢者，与买来者有别。

② 口马行头：口马，原指牲口马匹，从变文看来，也包括人口在内。检校市肆之事的肆长。

③ 忽然：变文里“忽然”一词，每每是“假使”的意思。

是：我将自己的头发剪掉，披上粗布短衣，冒充你家的家生奴仆。你只说我原来在你兖州的田庄上做庄稼汉，这一阵才召回身边，就让我追随你出入往来。等到朱家他要回京城的时候，你就到贩卖人口牲口的市场那儿把我拍卖。假如朱家来买我，你就将我便宜卖了，不要跟他争论价钱。如果他真把我买去当奴才，要我拿鞭拿帽，无论什么事情，我都会不辞辛劳去做的。要是侥幸能见到皇帝，那我就有大好的出头机会，像困顿已久的病鹤，再度凌空飞翔一样。"

> 便索剪刀临欲剪，改刑（形）移貌痛伤神。
> 懈（解）发捻刀临拟剪，气填凶（胸）臆泪芬芬（纷纷）。
> 自嗟告其周院长："仆恨从前心眼昏。
> 枉读诗书虚学剑，徒知气候别风云。
> 辅佐江东无道主，毁骂咸阳有道君。
> 致使发肤惜不得，羞看日月耻星辰。
> 本来事主夸忠赤，变为不孝辱家门。"

　　季布要了把剪刀正要剪发，想到要改形变貌，心里就觉得悲痛。刚一解开长发，拿着剪刀想要动手，就觉得气填胸臆而泪落纷纷。不禁叹了口气向周院长说："我恨自己从前心眼昏暗，不识好歹。枉读了诗书，白白学了剑术，徒然懂得观占气候风云，却偏偏去辅佐江东无道的项羽，而毁骂那从咸阳出兵的有道的汉王。身体发肤受之父母，不敢毁伤，我却连发肤也保护不了，真教我无颜面对日月星辰三光。想当年本来自夸以赤胆忠心事奉君主，没想到现在竟做出不孝的行为，玷污了家门。"

言讫捻刀和泪剪，占项遮眉长短匀。
炭染为疮勋（熏）肉色，吞炭移音语不真。
出门入户随周氏，邻家信道典仓身。

说完了，拿起剪刀，带泪将长发剪了，后面的头发只遮到眉毛，倒也剪得匀称；再以炭烫成疮疤，用烟来熏黑皮肤；然后还吞炭使嗓子沙哑，改变原来的声音。成天跟随周氏出门入户，连邻居都相信他原本是在兖州管理谷仓的奴仆。

朱解东齐为御史，歇息因行入市门。
见一贱人长六尺，遍身肉色似烟勋（熏）。
神迷鬼惑生心买，待将夸似（示）洛阳人。
问："此贱人谁是主？仆拟商量几贯文？"

朱家在东齐当御史，正要结束公务，有一天路过口马市门，见到一个被拍卖的奴仆身高六尺，遍身肉色黑得像黑烟熏过似的。也许是鬼神迷惑了他吧，他忽然想把他买下来，好带到京城向亲朋夸耀一番，于是就问道："谁是这个奴仆的主人？我想跟他商量个价钱。"

周氏马前来唱喏，一依前计具咨闻：
"市夷典仓缘欠阙，百金即卖籾家贫。
大夫若要商量取，一依处分不诤论。"

于是周氏出现在朱家马前作揖招呼，依照原订的计划报告说：

"我贩卖这个奴才是因为手头缺钱用，如果肯出百金我就卖了他来解救家里的贫穷。大夫您如果有意要买，我就照您的意思办，不再有什么争论。"

> 朱解问其周氏曰："有何能德直千（百）金？
> 周氏便夸身上艺："虽为下贱且超群。
> 小来父母心怜惜，缘是家生抚育恩。
> 偏切按磨能柔软，好衣绁褶着香勋（熏），
> 送语传言兼识字，会交伴恋入庠门。
> 若说乘骑能结绾，曾向庄头牧马群。
> 莫惜百金但买取，的堪驱使不顽冀。"

朱家就问周氏说："他有何德何能，值得百金？"周氏便夸示奴才身上的技艺说："他虽身为奴才，但技艺超群。由于他是家生的奴才，所以我知道他从小受到父母的怜惜爱护。他能按摩使肌肉柔软，会折叠丝绸的衣服，也会将衣服熏香，不但会传言送语，而且还识字，又会陪伴公子上学校。如果说乘车骑马，他也会结系车辕鞍具，因为他曾经在田庄牧过马群。请您不要吝惜百金，只管将他买下，他的确是个可以使唤的仆人，一点也不愚劣。"

> 朱解见夸如此艺，遂交书契验虚真。
> 典仓牒纸而吮笔，便呈字势似崩云。
> 题姓署名似凤舞，书年著月象乌蹲。
> 上下撒花波对当，行间铺锦草和真。

朱家听到周氏夸示奴仆有这许多技艺，就叫他亲自书写卖身契测验真假。那个奴仆折好纸，吮了一下笔，就落笔写字，书法很有气势，像崩云一般。题姓署名，就像凤凰飞舞般的灵活，而书写年月，又如乌鸦蹲着般的用笔轻顿。落笔有如撒花的美妙，笔画的波磔匀称；草书、楷书交互运用，写下一行行的文字似锦绣般光彩耀目。

朱解低头亲看札，口哇目瞪忘收唇。
良久摇鞭相叹美："看他书札署功勋。
非但百金为上价，千金于口合交分。"
遂给价钱而买得，当时便遣涉风尘。

朱家低着头亲自看他写的书札，瞪直了双眼，张着口，都忘了收唇闭嘴。过了许久，才摇着马鞭赞叹说："单看他书札所表现的本领，别说价值百金了，就是开价千金我也会照付的。"就给了周氏百金将奴仆买下，当时就带他登途赶回遥远的京城。

季布得他相接引，擎鞭执帽不辞辛。
朱解押良何所似？由（犹）如烟影岭头云。
不经旬日归朝阙，具奏东齐无此人。

季布得到他的接纳带引，为他拿鞭拿帽，不辞辛苦地服侍主人。朱家跟季布相伴赶路，就像烟影和岭头云一样。不到十天，回到朝廷，朱家立刻报告搜寻的经过，说明东齐并没有季布这个人。

皇帝既闻无季布：“劳卿虚去涉风尘。

放卿歇息归私第，是朕冤肠未合分。”

朱解殿前闻帝语，怀忧拜舞出金门。

归宅亲故来软脚①，开筵列馔广铺陈。

买得典仓缘利智，厅堂夸向往来宾。

皇帝听到找不着季布的报告，就说：“麻烦你远涉风尘，白跑了一趟，你就先回私第歇息歇息。找不到季布，是我的怨气还没有到可以发泄的时候。”朱家在殿前听到皇帝表示失望的话，心里担忧，跪拜舞蹈，出了朝门。回到私宅，亲朋都广排筵席为他接风。他觉得新买的奴仆很聪明，就叫他到厅堂上见客，好好向来宾夸耀了一番。

闲来每共论今古，闷即堂前话典坟。

从兹朱解心怜惜，时时夸说向夫人：

“虽然买得愚庸使，实是多知而广闻。

天罚带钳披短褐，似山藏玉蛤含珍。

是意存心解相向，仆应抬举②别安存。”

商量乞与朱家姓，脱钳除褐换衣新。

今既收他为骨肉，令交内外报诸亲。

莫唤典仓称下贱，总交唤作大郎君。

试交骑马捻球杖③，忽然击拂便过人。

---

① 软脚：接风、洗尘的意思。

② 抬举：照顾、抚养的意思。

③ 骑马捻球杖：按，这是唐代流行的马球，汉初还没有，西汉只有蹴鞠，就是踢足球。

马上盘枪兼弄剑，弯弓倍（背）射胜陵君[①]。

勒辔邀鞍[②]双马走，跷[③]身独立似生神。

挥鞭再骋堂堂貌，敲镫重夸檀檀身。

南北盘旋如掣电，东西怀协似风云。

朱解当时心大怪，愕然猜卜失声频：

"心粗买得庸愚使，看他意气胜将军。

名曰典仓应是假，终知必是楚家臣。"

以后，朱家闲来无事或者觉得发闷时，就跟他谈论时事、历史或《三坟》《五典》里的道理。从此，朱家心里怜惜他，时时向夫人称赞说："虽然我所买的外表看来是个愚庸的奴仆，其实他知识丰富、见闻广。只是命不好，天罚他戴着铁钳披着粗布短衣当奴仆。其实，他就像石山藏着玉，蛤蚌含着珍珠一样。看来他对我们也很有心的，我们应该收养他，特别将他安排一下。"经过商量以后，就要求收他为义子，改姓为朱，脱下铁钳和褐衣，换上新衣，而且将收养他为义子的消息通知内外亲戚，要大家不再喊他"典仓"这种下贱的称呼，从此以后，一律都称他作大郎君。于是，朱家叫季布学习贵族喜欢玩的马球，季布一上马拿起球杖，就打得比谁都远。而且一时技痒，在马上盘枪弄剑，还弯弓向背后射箭，武艺比王陵还要高强。他能迎着奔马，飞跃上鞍，勒着双马的缰绳，交互骑着它们，又能跷起一脚，独立在马背上任其奔驰，简直就像天神下凡

---

① 陵君：不知指何人，姑且当作汉初名将王陵，因为敦煌变文另有一篇《汉将王陵变》，可见王陵也是当时民间熟悉的人物。

② 邀鞍：邀是遮拦的意思。邀鞍，大约是迎着奔马而飞跃上马鞍。

③ 跷：举足。

一般。他挥鞭敲镫，呈现他堂堂的相貌与魁梧的身材。他南北盘旋，如掣电般的迅疾，东西驰骋，像风卷残云似的来去无踪。朱家一看，心里很奇怪，惊愕得好几次喊出声音，私下猜测："我粗心大意以为买了个平常的奴仆，但看他意气风发却胜过将军，他那典仓的身份应该是假的，看来他必定是楚霸王手下的大臣。"

唤向厅前而问曰："濮阳之日为因循。

用却百金忙买得，不曾子细问根由。

看君去就①非庸贱，何姓何名甚处人？"

朱家连忙叫他到厅前问道："我在濮阳的时候，马马虎虎就用百金把你买下来，也不曾仔细问明你的身份来历。我看你的行为举动，就不像一个平庸低贱的人，现在请你告诉我你的真实姓名和籍贯。"

季布既蒙子细问，心口思惟要说真。

击分（激愤）声凄而对曰："说着来由愁煞人。

不问且言为贱士，既问须知非下人。

楚王辩士英雄将，汉帝怨家季布身！"

季布受到朱家仔细盘问，心想这回要说出真话了，心里很激动，就凄声回答说："想要说出我的来历就愁煞人了。你不问起，我就姑且冒充为奴仆；既然你要追问，我就得说实话，告诉你我本来不是奴仆，我就是楚王手下的辩士、英雄大将，也是汉帝的冤家对头季布！"

① 去就：行为举动。

朱解忽闻称季布，战灼唯忧祸入门：

"昨见司天占奏状，三台八坐（座）①甚纷芸（纭）。

又奏逆臣星昼现，早疑恐在百寮门。

不期自己遭狼狈，将此情由何处申？

诛斩解身甘受死，一门骨肉尽遭迍！"

朱家忽然听说他是季布，禁不住发抖战栗，担心大祸入门，说："昨天方看到司天占星的奏状，说到天上星象很混乱。还特别提到逆臣星在白昼出现，朝廷就怀疑你可能潜伏在京城百官家里。没想到偏让我碰上这种狼狈的处境，苦处教我向哪里申诉呢？如果只有我一人被斩，我倒甘心受死，但是我怎忍心连累全家骨肉都蒙受灾难呢！"

季布得知心里怕，甜言美语却安存：

"不用惊狂心草草，大夫定魄且安魂。

见今天下搜寻仆，捉得封官金百斤。

君但送仆朝门下，必得加官品位新。"

季布知道朱家心里害怕，就用甜言美语安慰他："不要害怕，不要操心，请你先定下心来。我告诉你，现在天下都在搜寻我，只要捉到我，就可以封官和赏赐百斤黄金。你只要把我送到朝门请赏，

---

① 三台八座：三台是星名，象征人间的三公。八座是指左右仆位和六部尚书。但是，看变文的前后文，作者似乎将八座也当作星名来看。

必定能升官晋级的。"

朱解心粗无远见，拟呼左右送他身。
季布出言而使吓："大夫大似醉昏昏！
顺命受恩无酌度，合见高皇严敕文。
捉仆之人官万户，藏仆之家斩六亲。
况在君家藏一月，送仆先忧自灭门。"

朱家为人粗心大意，没有远见，听他一说，就想叫手下把季布送到朝廷请赏。季布一看来头不对，立刻出言恐吓说："大夫你就如喝醉了酒，糊里糊涂！你顺从命令受赏的事还没把握哩，你总该见过皇帝那严厉的敕文吧。上面固然说捉到我的人封官万户，可是也说藏匿我一宿的就要诛杀六亲。何况我在你家藏了一个月，把我送去，恐怕还没有见到奖赏，就先有灭门之祸了。"

朱解被其如此说，惊狂转转丧神魂：
"藏着君来忧性命，送君又道灭一门。
世路尽言君足计，今且如何免祸迍？"

朱家被他这么一说，吓得团团转，没有主意，只好问季布说："藏你在家既有性命之忧，把你送官又有灭门之祸，真教人左右为难。世人都说你足智多谋，你倒看看有什么办法可以避免灾难？"

季布乃言："今有计，必应我在君亦存。
明日厅堂排酒馔，朝庭邀呼诸重臣。

座中但说东齐事，道仆愆尤罪过频。

仆即出头亲乞命，脱祸除殃必有门。"

季布说："我有条计策，一定可以使我和你都得到保全。请你明天在厅堂上排上酒食，邀请朝廷重臣来赴宴。你在座中谈论你出使东齐的事情，一提到我，你尽管数落我的罪过。到时我会亲自出面向他们乞命，必定会有脱祸除殃的门路。"

屈得夏侯萧相至①，登筵赴会让卑尊。

朱解自缘心里怯，东齐季布便言论。

侯婴当下心惊怪，遂与萧何相顾频。

二臣坐（座）上而言说："深劳破费味如珍。

皇帝交君捉季布，公然藏在宅中存。

谩排酒馔应难吃，久座时多恐损人。"

二臣拂手抬身起，朱解愁怕转芬芸（纷纭），

二相宅门才上马，朱解亲来邀屈频：

"解且宅中无季布，且愿从容酒壹巡。"

侯婴既（见）说无季布，察色听声验取真。

离鞍下马重登会，既无季布却排论。

朱家依计行事，请到夏侯婴和萧何两位相国来赴宴，两位在席上辞让了一阵才就座。朱家因为心虚着急，一开口就谈他到东齐搜寻季布的事。夏侯婴当时心里觉得很惊奇，就跟萧何使了眼色，于

---

①《史记》所载，乃朱家往见汝阴侯滕公，滕公留饮而说之。此有所改编。

是两位相国就说："让你破费准备这么多珍馐美味，可是皇帝教你去捉季布，你怎么公然将他藏在家里，还摆了酒席来骗我们上当，这种酒席是不容易吃的，在你府上坐久了，恐怕都会受连累。"说完，两位大臣就拂袖起身离座，急得朱家只能乱转。当两位相国走到门前刚上马，朱家亲自赶来再三邀请，说："我家里并没有季布此人，还请二位放心喝一巡酒吧。"夏侯婴听说季布不在他家，再看朱家态度诚恳，不像说谎的样子，就和萧何一同下马重新登堂就座。既然跟季布不相干，倒是可以随便谈论。

是时酒至萧何手，动乐唯闻歌曲新。
季布幕中而走出，起居再拜叙寒温。
上厅抱膝而呼足，唵①土叉灰乞命频：
"布曾骂阵轻高祖，合对三光自杀身。
藏隐至今延革命，悔恨空留血泪痕。
担愆负罪来祗候，死生今望相公恩。"

刚刚把酒送到萧何手中，乐工才奏起新作的歌曲。这时，季布忽然从帷幕里跑出来，先向两位贵宾再拜请安，叙过寒温，然后上厅跪下，抱住他们的脚，他的嘴几乎含着泥土，双手放在灰尘上连连请求他们救命说："我自知曾经轻视皇帝，在阵前辱骂他，现在就应该对着日、月、星辰自杀的。可是我却隐藏至今，苟延残命，经常流血流泪，悔恨不已。现在我担负着大罪，敬候二位的决定，今天我的生死，就凭二位相公的恩惠了。"

① 唵：《玉篇》："唵，含也。"

二相坐（座）前相掺见："惭愧英雄楚下臣。

忆昔挥鞭骂阵日，低牟锁甲气如云。

奈何今日遭摧伏，貌改身移作贱人。

争那高皇酬恨切，仆且如何救得君？"

　　两位相国在座前扶起季布，以礼相见说："难为你这楚霸王麾下的英雄了，想起以前你挥鞭骂阵的时候，兜鍪锁甲全副武装，气概何等轩昂，奈何今天受到打击，改变形貌，委屈为贱人，真叫人感慨。但是怎奈皇帝报仇心切，我们又如何能救得你呢？"

季布鞠躬而启曰："相公试与奏明君，

但道曾过朱解宅，闻说东齐户口贫。

州官县宰皆忧惧，良田胜土并芒榛。

为立千金搜季布，家家图赏罢耕耘。

陛下舍愆收赦后，免其金玉感黎民。

此言奏彻高皇耳，必得诸州收赦文。"

　　季布鞠躬回答说："请相公试着面奏陛下，就说曾经到过朱家宅里，听他说起东齐的户口都很贫穷，良田沃土荒芜了，州官县宰都很忧虑。这都是因为朝廷悬赏千金搜捕季布，家家户户贪图重赏，都停止耕耘，忙着去搜寻李布。要是陛下能原谅李布的罪过，收回赦文，取消赏格，必定能感召黎民，恢复生产工作。如果能将这一番话让皇帝听到，他一定会下诏收回成命的。"

侯瓔（婴）萧何皆嗟叹："据君良计大尖新。

要其舍罪收皇敕，半由天子半由臣。

今日与君应面奏，后世徒知人为人。"

夏侯婴和萧何听了都赞叹说："你的好计策倒很特别。不过要皇帝收回敕文固然得看皇帝的心意，而臣子的鼓动还是不能少的。今天我们就为你当面上奏，也好教后世知道人总是有人情味的。"

萧何便嘱侯婴奏，面对天阶见至尊，

具奏："东齐人失业，望金图赏罢耕耘。

陛下舍愆休寻捉，免其金玉感黎民。"

皇帝既闻人失业，愕然忆得《尚书》云：

"民唯邦本倾慈惠，本固邦宁四海安。

朕为旧酬（仇）荒国土，荏苒交他四海贫。

依卿所奏休寻捉，解冤释结罢言论。"

萧何便嘱咐夏侯婴去上奏，于是夏侯婴就进宫朝见至尊，上奏云："东齐的人民都荒废了自己的事业，就是为了捉季布领重赏而停止耕耘。请求陛下原谅季布的罪过，不要再通缉他，好让人民不再贪图金玉而从事生产。"皇帝一听人民不务正业，愣了一下，想起《尚书》上的话说："人民是国家的根本，为君的应该对他们慈爱施恩惠。人民稳定了，国家才能安宁，然后天下才能平安无事。我为自己的旧仇荒芜了国土，再拖延下去连四海都要贫困起来，这是不对的，就依你所奏不再寻捉，解开冤结，不再追究。"

> 侯瓔（婴）拜舞辞金殿，来看季布助^①欢忻：
> “皇帝舍怒收敕了，君作无忧散惮身。”
> 季布闻言心更大：“仆恨多时多苦辛。
> 虽然奏彻休寻捉，且应潜伏守灰尘。
> 苦非有敕千金诏，乍可遭诛徒现身。”

　　夏侯婴跪拜舞蹈后离开宫殿，赶快来看季布，高高兴兴向他祝贺说：“皇帝已经放过了你的罪孽，收回缉捕你的成命，你可以无忧无虑，自由自在了。”季布听到赦令，又得寸进尺说：“我恨自己受了长久的辛苦，现在虽然承你上奏皇帝不再寻捉我，但是要我委屈为小民，还是觉得不甘心。要是皇帝不肯下令以千金来召请我，我倒宁愿现身被杀算了。”

> 侯瓔（婴）闻语怀嗔怒：“争肯将金诏逆臣？”
> 季布鞠躬重启曰：“再奏应开尧舜恩。
> 但言季布心顽梗，不惭圣德背皇恩。
> 自知罪浓忧鼎镬，怕投戎狄越江津。
> 结集狂兵侵汉土，边方未免动烟尘。
> 一似再生东项羽，二忧重起定西秦。
> 陛下千金诏召取，必能匡佐做忠臣。”

　　夏侯婴听他一说，心里生气，就说：“皇帝怎么可能以千金来召请逆臣呢？”季布鞠躬又再说明：“请你再奏皇上，请他展开像仁君

---

① 助：变文的“助”字，往往都有“祝贺”的意思。

尧舜的恩典。就说季布的心肠顽梗得很，并不感激皇帝赦免他的大恩。因为他自知罪孽深重，唯恐将来仍然免不了下鼎镬烹煮，他心里害怕，可能会北投戎狄或南越大江依越国，再结集军队来侵犯汉土，那么，边境免不了又要引起战争，又成了当初打楚霸王或推翻秦朝的艰苦局面。陛下只要能下悬赏千金的诏书来征召他，他一定会安下心来匡佐朝廷，做一个忠臣的。"

　　侯瓔（婴）闻说如斯语："据君可以拨星辰。

　　仆便为君重奏去，将表呈时潘帝嗔。

　　乞待早朝而入内，具表前言奉帝闻。"

　　"昨奉圣慈舍季布，国泰人安喜气新。

　　臣忧季布多顽逆，不惭圣泽皆（背）皇恩。

　　陛下登朝休寻捉，怕投戎狄越江津。

　　结集狂兵侵汉土，边方未免动灰尘。

　　一似再生东项羽，二忧重起定西秦。

　　臣闻季布能多计，巧会机谋善用军。

　　摧锋状似霜凋叶，破阵由（犹）如风卷云。

　　但立千金诏召取，必有忠贞报国恩。"

　　夏侯婴听他这么一说，便道："照你的说法，连天上的星辰都可以拨得下来。好吧！我就为你再去上奏，拼了使皇帝发脾气也将表章呈上去试一试。等明天早朝我就晋见，把那套话写在奏章上向皇帝报告。"翌日早朝，夏侯婴果然上奏说："昨天我秉承陛下慈爱的命令赦免季布，结果上下都高兴，呈现国泰民安的新气象。只是我担忧季布为人顽劣叛逆，也许并不感激陛下的德泽恩惠。陛下虽然宣布不再捉他，但他可能由于害怕而北投戎狄，或越过大江依靠越国，然后结集军队来侵犯汉土，到时边境免不了又要引起战争，又成了当初打项羽或推翻秦朝的艰苦局面。我听说季布是很有谋略的人，诡计多端，很会用兵，冲锋陷阵，就像寒霜凋树叶，疾风卷残云，非常厉害。所以我希望陛下发布奖赏千金的命令来征求他，使他死心塌地来报效国家。"

　　皇帝闻言情大悦："劳卿忠谏奏来频。
　　朕缘争位相持久，遍体犹存刀箭痕。
　　梦见楚家犹战灼，况忧季布动乾坤。
　　依卿所奏千金召，山河为誓典功勋。"
　　季布既蒙排赏召，顿改愁肠修表文。
　　表曰："臣住东齐多朴真，生居陋巷长蓬门。
　　不知陛下怀龙分，辅佐江东狼虎君。
　　狂谋骂阵牵宗祖，自致煎熬鼎镬迤。
　　陛下登朝宽圣代，大开舜日布尧云。
　　罪臣不煞将金诏，感恩激切卒难申。
　　乞臣残命归农业，生死荣华九族忻。"

　　皇帝听了他的报告，非常高兴地说："难得你时常费心提供许多忠诚的意见。我因为争天下打了许久的仗，身上全是刀疤箭痕，有时梦见跟楚霸王打仗，还会发抖，何况想起再要和季布打　场呢！就依照你的建议，用千金来征召他，并且指山河为誓，正式颁授勋赏给他。"季布既蒙准备了奖赏的征召，长久以来的忧愁立刻消散，赶紧修了表文。表文上说："我生长在东齐的陋巷蓬门里，所以生性

朴实率真。但也因为见识不广，不知陛下是真命天子，反而去辅佐
江东那残暴不仁的楚霸王。而且发狂似的跑去骂阵，牵连陛下的祖
宗，我知道鼎煎镬熬的灾祸是我自找的。幸亏陛下登基后一切以宽
大为怀，施行尧、舜的仁政，不但不杀我这罪孽深重的臣子，反而
以千金来征召我。陛下皇恩浩荡，使我感激得不知如何表达，现在
只请求恩准我回老家种田地，我无论生死都感到光荣，九族也无不
欢欣踊跃。"

> 当时随表朝门下，所司引对入金门。
> 皇帝卷帘看季布，思量骂阵忽然嗔。
> 遂令武士齐擒捉："与朕煎熬不用存！"
> 临至捉到萧墙外，季布高声殿上闻：
> "分明出敕千金诏，赚到朝门却杀臣。
> 臣罪受诛虽本分，陛下争堪后世闻？"

　　写好了奏章，就亲自带到朝门下，太监带领他进门朝见至尊。
皇帝卷珠帘看到季布，想起当年骂阵的情景，忽然怒火中烧，按捺
不住，命令武士一齐擒捉，并且说："为我好好把他用鼎镬煎熬，不
留活命！"武士拖着季布到了屏风外面，季布赶紧发声大喊使金銮
殿上的皇帝也听得见，他喊道："陛下明明正式下诏以千金征召我，
把我骗到朝门却下令杀害，以我的罪过，受死也是本分，但陛下怎
么受得了后世的批评呢？"

> 皇帝登时闻此语，回嗔作喜却交存：
> "怜卿计策多谋略，旧恶些些总莫论。

赐卿锦帛并珍玉，兼拜齐州为太君。
放卿衣锦归乡井，光荣禄重贵宗卿（亲）。"

皇帝一听到他的话，转怒为喜，就令武士释放他，说："我就喜欢你很有谋略，从前那一点点旧恶不再提它也罢。现在赐你锦绣、绸帛和珍珠、美玉，而且任命你做齐州太守，让你穿着锦衣，体面地回故乡去，受宗亲的敬重。"

季布得官而谢敕，拜舞天阶喜气新。
密报先从朱解得，明明答谢濮阳恩。
敲镫讴歌归本去，摇鞭喜得脱风尘。
若论骂阵身登贵，万古千秋只一人。
具说《汉书》修制了，莫道词人唱不真。

季布得了官，谢过皇恩，在阶前跪拜舞蹈，心里充满了喜悦。于是先去报告朱家，再好好答谢了周氏的大恩。于是敲着马镫、摇着马鞭、唱着歌，庆幸自己脱离苦难，荣耀地回家乡去。论起骂阵反而能得高官的，万古千秋就只有季布一个人。这个故事都记载在《汉书》里，列位听众不要以为是我这个词人胡乱编出来的。

第十二章　董永变文

【说明】

　　董永故事最早见于载籍者，应属署名刘向之《孝子图》（见《太平御览》卷四一一《孝感类》引），其文谓：

　　"前汉董永，千乘人，少失母，独养父。父亡，无以葬，乃从人贷钱一万，永谓钱主曰：'后若无钱还君，当以身作奴。'主人甚愍之。永得钱葬父毕，将往为奴，于路忽逢一妇人，求为永妻，永曰：'今贫若是，身为奴，何敢屈夫人为妻？'妇人曰：'愿为君妇，不耻贫贱。'永遂将妇人至。钱主曰：'本言一人，今何有二？'永曰：'言一得二，于理乖乎？'主人问永妻曰：'何能？'妻曰：'能织耳。'

　　"主曰：'为我织千匹绢，即放尔夫妻。'于是索丝，十日之内，千匹绢足。主惊，遂放夫妇二人而去。行至本相逢处，乃谓永曰：'我是天之织女，感君至孝，天使我偿之。今君事了，不得久停。'语讫，云雾四垂，忽飞而去。"

　　《孝子图》虽未必是西汉刘向所作，但董永的故事至少是东汉以来所流行的传说，因为东汉晚年桓灵之间的武梁祠壁画已将董永、织女等人物入画，而且汉魏间曹植的《灵芝赋》（见《宋书·乐志》引）亦云：

"董永遭家贫，父老财无遗。举假以供养，佣作致甘肥。责家填门至，不知用何归，天灵感至德，神女为秉机。"

足见孝子董永的故事来源甚早。到了唐代，有关的记载更多，就是敦煌写卷中有关董永行孝的文字，已有多种，如《搜神记》董永条、《孝子传》董永条、《敦煌曲·天下传孝十二时》等。

至于其子董仲之名，则最先见于敦煌本《搜神记》田昆仑条，大意是说：田昆仑在田野见三美女洗浴，两个身披天衣，化为白鹤飞去；一个天衣为田昆仑所收，不能飞走，就跟田昆仑结婚，生了个孩子叫田章。后来天女趁丈夫不在家，向婆婆骗得天衣，凌空飞去。田章五岁，哭着要找娘娘。"其时乃有董仲先生来贤行，知是天女之男，又知天女欲来下界，即语小儿曰：'恰日中时，你即向池边看，有妇人着白练裙，三个来，两个举头看你，一个低头佯不看你者，即是母也。'田章即用董仲之言，恰日中时，遂见池内相有三个天女，并白练裙衫，于池边割菜。田章向前看之，其天女等遥见，知是儿来，两个阿姐语小妹曰：'你儿来也。'即啼哭唤言：'阿娘！'其妹虽然惭耻不看，不那肠中而出，遂即悲啼泣泪。三个姐妹遂将天衣共乘此小儿上天而去。天公见来，知是外甥，遂即心肠怜悯，乃教习学方术技艺能。至四五日间，小儿到天上，状如下界人间经十五年已上学问。公语小儿曰：'汝将我文书八卷去，汝得一世荣华富贵。倘若入朝，惟须慎语。'小儿选（旋）即下来，天下所有闻者，皆得知之，三才俱晓……"看来《董永变文》的作者将田章的故事，移花接木，接在董永传说的后面，将田昆仑的儿子田章改为董永的儿子董仲；而《搜神记》中的董仲先生，又只好拉个孙膑来替代，也顾不了孙膑是战国时代的人，和汉代的董永不相配合。本来，民间故事往往就是如此胡乱拼凑的，也不足为奇。不过，后来有一些文献，受了民间传说的影响，却认定董仲是董永跟织女所生的孩子，不但生而灵异，而且能书符镇怪，如《明一统志》卷六六《安陆州仙释传》，以及明廖用贤编《尚友录》卷十四所记皆是。

《董永变文》成立的时代，从奴仆的价格、庄田的买卖，以及图书形制三方面来考察，应该是中唐以后到五代之间，而以成立于五代的可能性为大。（详见拙文《敦煌变文成立时代新探》）

这篇写卷，今存一三四句，有唱无白，体裁与《捉季布传文》同。题为《董永变文》，是近人所拟，这篇的确是在陈述董永的故事，但既有唱无白，恐非变文的典塑，称之为"变文"，未必妥当。

【故事】

人生在世要好好辨别善恶，因为冥冥中有善恶童子将人的善行恶行一一记录下来。而善行之中，最重要的就是孝顺父母了。在古来的孝子中，有个叫董永的，才不过十五岁，双亲就亡故了。董永是个独子，没有兄弟姐妹，孤零零一个人，不但悲痛欲绝，还得办理父母的后事。他家很贫穷，父母连一点钱财都没遗留下来，为了好好安葬父母，董永决定将自己卖给有钱人家做奴仆。

当时有个贩卖人口的掮客知道他发了愿，就来为他联络，讨价还价以后，终于以一百贯钱成交。

董永得了钱，回家殡葬父母，等第三天复墓拜辞父母以后，就出发去为奴偿债。在路上遇到一个女人来问他的姓名，又问他要到哪去。董永告诉她，说他是家在天柱山下的董永，父母得了急症，先后身故，他只好典卖自己，筹得钱财，去殡葬父母。女郎听了很受感动，说要嫁给他，做个伴侣和帮手。董永认为自己已经为人奴才，无力赡妻，坚决拒绝。这时，女郎才说了实话道："郎君的孝义，感动天堂，帝释亲自从天女中选择我来到浊世，与你结为夫妻，并且帮你还债。"

董永知是天意，就和天女来到主人家，主人觉得很奇怪，说："我们商量好只买你一人，怎么又多了个女郎呢？"

董永告诉主人，虽然多带来一个帮手，但还是按照原来议定的价格。主人又问女郎有什么才艺？女郎回答她会织锦。主人很高兴，就将丝线给了他们，并且给他们两间房子，一间给他们住，一间当作坊。

女郎白天都不织锦，到晚上才工作，织得又快又好，锦上有一对对的凤凰鸳鸯，每织一匹就裁下来装箱。每夜这样工作，终于将主人所交的丝全织完。主人觉得他们的工作已抵过了所有的卖身价，发了善心，让他们回乡，还他们自由之身。这时，天女也为董永生了个小孩，取名董仲。

他们走到离董永家十里路，也就是他们以前相逢的地方。天女说他们缘尽，她必须回到天上去。临别的时候，吩咐他要好好照顾小孩子。董永知道不能挽留，只好在泪眼模糊中看着妻子乘云而去。

董仲长到七岁，跟小朋友一起游戏的时候，曾被朋友欺侮，说他是没娘的小孩。董仲哭着回家问父亲，父亲将事情原原本本告诉他，从此董仲更加思念母亲，常常落泪。后来他听说孙膑卜卦很灵，就去请他指点迷津。孙膑指引他先藏在阿耨池边的树下，有三个女郎来沐浴，只要抱走紫衣裳，就可以见到母亲了。董仲照着孙膑的指示，果然见到母亲，母子不忍相别。于是天女带着董仲到天宫抚育他。到了天宫之后，天女恼恨孙膑泄露天机，就带了个金瓶来找孙膑。一打开金瓶，瓶中冒出天火，焚烧孙膑的天书，孙膑连忙收拾，一下子只烧剩了六十张，从此，孙膑虽然精通人间的事情，却再也不知天上之事了。这都是董仲寻觅阿娘引起的。

第十三章　燕子赋

【说明】

敦煌本《燕子赋》共有两种，大意相似。这里取描写精致，流传较广的一种。本来，《燕子赋》的故事很简单，但这一篇却有八种以上的抄本，足见其深受重视。而其受重视的原因，是因为此篇用风趣细腻的手法，来表现当时一种普遍存在的社会问题。

唐代的社会经济，到了开元、天宝最为繁荣，据《旧唐书·玄宗本纪》的记载，天宝元年（742年），户部进计账，管户八百五十二万五千七百六十三；天宝十三年（754年），户部计管户九百六十一万九千二百五十四——而且羁縻州郡，不在此限。可是经过安史之乱，残于火兵，饥疫相承，户口散失，据《唐会要》的记载，到了肃宗乾元三载（760年），就只剩得一百九十三万一千一百四十五户了。短短四年多，就损失了七百多万户，当时以至后来的情景，就如卢纶《早春归盩厔旧居却寄耿拾遗湋李校书端》诗所云：

几家废井生青草，一树繁花傍古坟。

至于损失户口的原因，固然死亡的为数不少，但仍有许多是流散了的。因此，安史之乱后，终有唐之世，都将逃户的招绥，作为朝廷施政的重要课题。

从《旧唐书》《新唐书》《唐会要》《通典》《册府元龟》《文献通考》等书所载，我们知道逃户的招绥，是很复杂的事。早期的招绥，问题还算单纯。大约是一方面防止户口的继续逃亡，一方面鼓励逋逃归复。关于前者，是因为某一村里，有了逃户，有司为了保持税收，表现自己收税的成绩，往往就把这一逃户应有的税金，摊派在邻里各户，由其分担，逼得邻人也不得不逃亡，于是朝廷下敕禁止有司这么做。关于后者，朝廷宣布逃户归复，不再追缴欠税，而且在回乡整顿家园时，可以免除两年的徭役。这时的措施很明白。

到了唐代中叶以后，问题就复杂多了。因为虽然经过多年的招绥，而天下毕竟没有长时间太平过，所以还是留下许多荒芜残破的田舍，严重影响民生的复苏。于是朝廷就将一些荒地发给军健垦殖，也鼓励邻近的百姓开辟荒榛、修葺破屋；这时，难免有豪强乘机运用关系、逞其手段，从事兼并、侵占的勾当。此外，还有一种情形，就是当别人将田地整顿好，房舍修理一新，而成为课户以后，本主却辗转还乡来了，这又必然引起纠纷。无论是归来的逃户或新增的课户，朝廷都不愿有所偏袒，处理起来就要困难得多了；而豪强往往利用这类特殊情况，上下其手，更增加问题的复杂性。而且中唐以后，天灾频仍，兵祸连接，又有新的逃户须加招绥，问题更变得层层叠叠，难分难解。到了残唐五代，情况最为严重。就在这种背景之下产生了这两篇《燕子赋》。

因此，这两篇《燕子赋》每每应用一些唐代有关户籍的术语，如《燕子赋》之二云：

"雀儿语燕子：'不由君、事觜头。问君行坐处，元本住何州？宅家今括客，特敕捉浮逃；黠儿别没消，转急且抽头。'燕闻拍手笑：'不由君、事落荒。大宅居山所，此乃是吾庄。本贯属京兆，生缘在帝乡。但知还他窟，野语不相当。纵使无籍贯，终是不关君。我得永年福，到处即安身。此言并是实，天下亦知闻。是君不信语，乞问读书人。'"

"不分（忿）黄头雀，朋博结豪强；燕有宅一所，横被强夺将。"

"雀儿启凤凰：'……见一空闲窟，破坏故非新。久访元无主，随便即安身。'"

"雀儿启凤凰：'……雀儿是课户，岂共外人同？'"

可见雀儿结交豪强，利用机会，将外地人在乡间所置的别庄，当作逃户的旧产业给霸占了，而且自恃是课户，所以有恃无恐。《燕子赋》之一也说：

"燕子单贫，造得一宅，乃被雀儿强夺，仍自更着恐吓，云：'明敕括客，标入正格。阿你逋逃落籍，不曾见你膺王役。终遣官人棒脊，流向担（儋）崖象白。云野鹊是我表丈人，燕鸠是我家伯。州县长官，瓜萝亲戚。是你下牒言我，共你到头并亦（翼）。火急离我门前，少时终须吃掴。'"

雀儿仗恃他已经注册登记"标入正格"，加以有一些有权有势的亲戚，所以蛮横霸道，竟将原主安上逃户的罪名。

把握了时代背景，知道《燕子赋》反映了当时的社会问题，再来读其原文，就没有什么困难了。

至于《燕子赋》产生的时代，依上所陈，应该在中唐以后。而这里要介绍的《燕子赋》之一，其完成的年代恐怕还要迟至五代。因为文中记载雀儿被定了罪，判答决一百，但因他有"上柱国勋"才赎了罪。其文云：

"见有上柱国勋，请与收赎罪价。"

"但雀儿去贞观十九年，大将军征讨辽东；雀儿投募充傔，当时配入先锋。身不骑马，手不弯弓，口衔艾火，送着上风，高丽遂灭，因此立功。一例蒙上柱国，见有勋告数通。必其欲得磨勘，请检《山海经》中。"

雀儿在贞观时从军平高丽，明是假托，所以说"请检《山海经》中"。然而，其中也透露了一点消息，即雀儿不过是个差役，竟"一例蒙上柱国"，而且得上柱国勋之后，依然是个无赖，足见当时加勋之滥。这是晚唐五代的现象。《唐会要》八十一云：

"天祐二年六月十六日敕：'司勋所掌勋，及十一月二转——上柱国、柱国、上护军、护军、上轻车都尉、轻车都尉、上骑都尉、骑都尉、骁骑尉、飞骑尉、云骑尉、武骑尉等勋，有迁陟以显勤劳。近年以来，止述柱国，耻转轻车。'"

可见唐末授勋已经很浮滥，但是还从第二级的"柱国"述起。到了五代，就更滥到极点，武官一授就是极勋"上柱国"。《旧五代史·职官志》云：

"后唐天成三年五月诏曰：'开府仪同三司，阶之极；太师，官之极；封王，爵之极；上柱国，勋之极。近代已来，文臣官阶稍高，便授柱闻，岁月未深，便转上柱国；武资不计何人，初官便授上柱国。官爵非无次第，阶勋备有等差，宜自此时重修旧制。今后凡是加勋，先自武骑尉，经十二转，方授上柱国。永作成规，不令逾越！'虽有是命，竟不革前例。"

《燕子赋》之一中的"一例蒙上柱国"，和《旧五代史》的"武资不计何人，初官便授上柱国"，完全吻合。所以这一篇应当是五代的作品。

这篇名曰《燕子赋》，其体裁是赋体，通篇用白话写成，是少见的白话赋之一。不过当时留下来的白话文，读起来不见得比文言好懂。以下略述其大意。

【故事】

　　仲春二月，双燕翱翔，他们唧唧啾啾，商量着要造新居。于是，他们测量过地方的大小，拣定了南北的方位，选个好日子，避免在太岁头上动土，就在崇高坚固的屋梁堆泥做窟，铺草为床。宅舍落成，布置妥当以后，夫妻暂时外出旅行。

　　有只黄雀，头脑峻削，专门倚街傍巷，恃强凌弱，看到燕子不在，就来闯空门。见到屋里窗明几净，又起贪心，想干脆就霸占着，就妻子儿女全都搬进来居住，一家高高兴兴，自夸聪明说："古人说：'乡下人打的兔子，却让城里人吃了肉，真是说得不错。我们只要露出胳膊，拿着棒子，燕子回来，他们人少，我们多，要吵架、要打架，我们都赢定了。'"

　　话没说完，燕子已经回来，蹬着脚叫唤。雀儿出来恐吓了一顿，见燕子不走，拔拳就揍，孩子也帮忙扯脚，妻子还下口去咬。燕子挨打狼狈不堪，头都抬不起来，眼睛也肿得张不开，夫妻相对，唉声叹气，自忖从不惹事，不知为何飞来横祸，实在气不过，写了状子，告向凤凰云：

　　燕子单贫，造得一宅。乃被雀儿强夺，仍自更着恐吓。云："明敕括客，标入正格①。阿你逋逃落籍②，不曾见你膺工役。纵遣官人棒

―――――――――

　　① 明敕括客，标入正格：括是收容的意思，客是客户。这两句话的大意是：天子有明白的命令，规定收容客户，将其注册登记为正式纳税的课户。
　　② 逋脱落籍：谓燕子成为逃户，既未尽义务，其权利亦被剥夺。

脊，流①向担（儋）崖象白。云野鹊是我表丈人，斑鸠是我家伯。州县长官，瓜萝亲戚。是你下牒言我，共你到头并亦（翼）②。火急离我门前，少时终须吃捆。"燕子不忿③，以理从索。遂被撮头拖曳，捉衣撺擘④。遼（撩）乱尊拳，交横秃剔。父子数人，共相敲击。燕子被打，伤毛堕翮。起止不能，命垂朝夕。伏乞检验，见有青赤。不胜冤屈，请王科责。

凤凰见辞理恳切，心知雀儿豪强，于是差鹡鸰去捉雀儿，要他来当面说明。

鹡鸰奉命来到雀儿门口，正听到雀儿在里面说话的声音："我昨夜做了噩梦，今晨起来眼皮又直跳，不是好兆头，若不是私斗，就是官府里有麻烦。我想近来的徭役都已完了，不会有事，多半是燕子去衙门告我。你们今天不要开门，有人找我，就说我不在家。"

鹡鸰听了，隔着门喊道："你别想说谎，也别想躲藏，你说的话我全听到了。你还是乖乖出来说明，你为什么强夺人家的宅舍，还将人家打伤？凤凰令我追捉，你自己做的事就得自己抵当。动歪脑筋是没有用的。"

雀儿吓坏了，浑家大小，也都没了主张，赶快出来向鹡鸰说好话，请他进窟纳凉聊天，喝茶吃饭，鹡鸰全不领情。雀儿更加忧愁，想迁延不去，干言强语，千祈万求，希望能通融到明天，而且还向鹡鸰行贿；鹡鸰更加生气，捉了雀儿就走。

---

① 流：就是流刑，将罪人放逐边荒的刑罚。
② 是你下牒言我，共你到头并亦（翼）：要是你敢到官府告我，我就跟你没完没了。
③ 不忿：气不过。
④ 撺擘：撺，俗作"扯"；擘，破裂。

雀儿见到凤凰，立刻低头跪拜，诡辩自己受到诬陷。这时，燕子忽然出来控告，雀儿自隐平日的欺负面孔，对天发誓："若实夺燕子宅舍，即愿一代贫寒；朝逢鹰夺，暮逢鸥竿①；行即着网，坐即被弹；经营不进，居处不安；日埋一口，浑家不残。"

凤凰见雀儿提不出正当理由，只以胡言乱语来搪塞，认为他拒捍推问，先判他脊杖五下，枷项禁身，以后再审。燕子非常喜慰说："黄雀夺我宅舍，将我打伤，我还以为你会一直福星高照，怎知老天立刻给你报应。现在被杖五下，不过是个开头。"

当时鹡鸰在旁，因为他是雀儿的把兄弟，一直不离左右，照顾雀儿，见到燕子幸灾乐祸，就向他说："我们老大触犯了你，我觉得很惭愧。但兔死狐悲，物伤其类，本来四海之内皆兄弟，何况我和他气味相投呢？现在大家在公堂争论，就应听凭官府处理。人家说死雀就不要再用弹射他，你何必还这样骂他。"

雀儿的妻子听说雀儿被杖，精神沮丧，两步并作一步，跑到狱中探视。看到雀儿面色如土，背上被打得肿了个大包，困顿不堪。妻子悲伤落泪，赶紧在雀儿口里灌下小便，在杖疮上贴上膏药，并且劝谏丈夫说："你平常就喜欢惹是生非，现在果然犯了官司，不知道还要被枷禁到几时，这对你有什么好处呢？这是你自招祸祟，可不能怨天尤人。"

雀儿在妻子面前还很嘴硬，说："男儿大丈夫做事也难免有错误，脊背打破了，又有什么可惧怕的？牛不讨一回，死也没有两度。俗语说：'宁值十狼九虎，莫逢痴儿一怒。'这回倒霉，吃了燕子那

---

① 竿：就是"算"字。

黑鬼的亏。我现在关在狱里，宁死不辱。你早点回去找到鹌鹑，那家伙头长得尖，要他去找门路，找些有力量的人，在凤凰身边做做手脚，只要让我免再吃杖，我会给他好处的。”

雀儿被关了几天，哀求狱卒为他脱枷，狱卒就是不肯。雀儿就用好话说："官不容针，私可容车。只要你对我好，家里送饭来，会在饭里藏着金钗来孝敬你老人家的。"

狱卒说："我是朝廷官吏，怎能受你贿赂！"

雀儿叹气说："古人说三公厄于狱卒，没想到我今天真的碰上了。"

于是只好口中念佛，心中发愿——只要官司解散，一定要写《多心经》一卷。然后，他又去找典狱官噜苏，先称赞典狱官精明能干，再请求给他方便，又说他愿意立下字据，给典狱官一些好处。典狱官责备他犯法而不知悔改，要他将背脊准备好，等明天挨打好了。雀儿一听，更是害怕。

第二天，雀儿上堂受审，堂上问："燕子造了屋舍，自己要住，你怎可逞其粗豪，将其强夺？"

雀儿答道："我是被老乌追赶得急了，所以才走不择险，有孔即入，一时情急，暂投燕舍，并非强夺。"

堂上又问："既称避难，为什么横施恐吓，而且还将人打伤？国有常刑，此罪当受笞刑一百。你有什么理由，赶紧申述。"

雀儿回答："我因避难，暂留燕舍，见房屋空着，就想住着无妨。没想到燕子回来，我正想向前称谢，而燕子不等我说明，就望风恶骂，侮辱全家，我气不过了，才跟他相打。燕子说他受伤，毛羽脱落，可是我的脚也给打跛了，两家损伤，也差不了多少。若论我住了他的房子，我宁愿还他租金。如果堂上要判我笞刑，我不敢叫屈，只是我有上柱国勋，请求准我拿来抵罪。"

堂上又问："你夺宅恐吓，罪不可容；但是既有高勋，你就说说你在哪里立的功？"

雀儿回答："在贞观十九年，大将军征讨辽东，雀儿去投军，充当差役，当时配入先锋。我身不骑马，手不弯弓，但我能口衔柴火，在上风放火。高丽灭后，我就受上柱国勋的赏了。"

凤凰最后判决云："雀儿剔秃^①，强夺燕屋，推问根由，元无承伏；既有上柱国勋收赎，不可久留在狱，宜即释放，勿烦案责。"

雀儿蒙赦，就请燕子原谅，请他喝酒。这时遇到一只鸿鹤就批评他们两个说："你这个雀儿，开眼尿床，明明是故意犯法，靠着凤凰的恩泽，放你一条草命，如你不知检束，总有一天给鹞子捉去，那就性命不保。"

又骂燕子说："你也顽劣得很，一点点小事，你就去告官，几乎伤了他的性命。你们两个都没有见识，难怪我们鸿鹤不愿和你们同群。"

燕雀同声回答说："凤凰都原谅了我们，还要你来多嘴，你有本领，就赋诗一首，看看你的本领。"

于是鸿鹤赋诗云：

鸿鹤宿（凤）心有远志，燕雀由来故不知。

一朝自到青云上，三岁飞鸣当此时。

---

① 剔秃：就是诋诿、狡猾的意思。

燕雀和云：

大鹏信徙（图）南，鹪鹩巢一枝；
逍遥各自得，何在二虫知。

第十四章　张义潮变文

【说明】

张义潮是晚唐崛起西北边陲的民族英雄。虽然他的事迹有浓重的传奇色彩，但从各种史料的零星记载来看，他的英雄事迹是千真万确的，兹将有关的史料及论著，略举其要者，供读者参考：

《新唐书·宣宗纪》

《新唐书·地理志·陇右道》

《新唐书·吐蕃传》

《旧唐书·宣宗纪》《旧唐书·懿宗纪》

《唐会要》卷七十一

《资治通鉴》卷二四九、二五〇

罗振玉《补唐书张义潮传》（永丰乡人杂著本）

向达《罗振玉补唐书张义潮传补正》

孙楷第《敦煌写本张义潮变文跋》（《图书季刊》第三卷第三期）

苏莹辉《瓜沙史事》（《敦煌学概要》下编第一章）

苏莹辉《张义潮》（《学术季刊》第二卷第四期）

谢海平《张义潮、张淮深变文本事及年代考索》（《讲史性之变文研究》——嘉新水泥公司文化基金会研究论文第二三一种）

藤枝晃《沙州归义军节度使始末》（《东方学报》第十二至

十三册）

至于敦煌写卷与敦煌壁画中与张义潮有关的，还有许多。

现在就约略根据上述资料做一简要的说明：

我国西北边陲的防守，向来有两大凭借：第一是朝廷的力量与声威；第二是在许多边疆民族间合纵连横，互相制衡。

敦煌（沙州）、安西（瓜州）远在河西走廊的西端，当大唐声威远播时，附近强大的回鹘、吐蕃都无可奈何。可是安史之乱以后，唐朝趋于衰微，边塞就饱受外来的压力，强悍的边疆民族就开始放肆横行了。

大约在唐代宗年间，吐蕃就开始进攻敦煌，他们的赞普（君长），派遣中书令尚绮心儿越过祁连山，进攻敦煌。沙州刺史周鼎一面固守，一面派人向回鹘求救。可是回鹘当时因为正碰上罕见的大风雪，牛、羊、马匹死了很多，不但引起瘟疫，也引起内部的不稳定，他们自顾不暇，也就派不出援兵来。敦煌守军苦等了一年，还盼不见半个救兵。当时周鼎打算焚烧城郭，带领几万军民，东奔向靠近中原的安全地带，但全城军民多数反对。

于是都知兵马使阎朝发动政变，杀了周鼎，自领州事，又死守了八年。看看粮食将尽，又向民间劝募，得到热烈的响应，又支撑了两年，终于粮械皆竭，就在吐蕃答应军民留居原地的条件下，开城投降。赞普就派尚绮心儿镇守，尚绮心儿放心不下阎朝，把他毒死，敦煌的军民都改衣胡服，成了亡国之民。只有在过年祭祖时，才将藏着的中华服装拿出来穿，以免让祖先看了伤心。祭祀后又哭泣着再将华服悄悄收藏起来。沙州陷蕃，是在唐德宗建中二年（781年）。

敦煌的汉人在吐蕃的统治压迫下过了将近七十年，而民族英雄张义潮挺出。他生于沦陷中的敦煌，而能阴结英豪，先光复了敦煌（沙州），并且迅速光复了其他十州，在唐宣宗大中二年（848年），遣使将瓜、沙、肃、鄯、甘、河、西、兰、岷、廓十州的户口献于朝廷，由于甘肃东部还被吐蕃所扼，使者绕道绥远，千辛万苦，到了大中五年（851年）才到长安。朝廷任命他为归义军节度使。

当朝廷的命令还没到时，张义潮不但已经且耕且战，安定各州，而且迫不及待振兴童蒙的教育，让儿童学习中华文化，现在藏于巴黎的P.2600《太公家教写卷》，就写于大中四年（850年）庚午正月十五日。

张义潮统领西陲约二十年，诸番慑服，百姓和乐，到了唐懿宗咸通八年（867年），张义潮入朝为右神武统军，赐田及第，命侄儿张淮深留守归义军。他在长安住了五年，在咸通十三年（872年）八月卒，他的官衔是"敕封河西一十一州节度管内观察处置使金紫光禄大夫检校吏部尚书兼御史大夫河西万户侯赐紫金鱼袋右神武统军南阳郡开国公食邑二千户实封二百户司徒"，且有"太保"衔。敦煌人多称他为"仆射"，或"太保"。

张义潮光复西陲、沙州一带，恢复为汉人的天下。张义潮回朝后，他的子孙以及后来的曹氏，继续统领这片河山，绵绵不绝，历经五代，直到北宋。于此可见伟大的事业，收功之长远。

敦煌百姓对张义潮的爱戴是无以复加的，现在录其颂诗二首如下：

P.3500：

二月仲春色光辉，万户歌谣总展眉。

太保应时纳福祜，夫人百庆无不宜。

三光昨来转精耀，六郡尽道似尧时。

田地今年别滋润，家园果树似□（凝）脂。

□（州）中现有十砲水，潺潺流溢满□（沟）渠。

必定丰熟是物贱，休兵罢甲读文书。

再看太保颜如佛，恰同尧王似重眉。

弓硬力强箭又褐，头边虫鸟不能飞。

四面蕃人来跪伏，献驼纳马没停时。

甘州可汗亲降使，情愿与作阿耶儿。

汉路当日无停滞，这回来往亦无虞。

莫怪小男女哎哆语，童谣歌出在小厮儿。

某乙口承阿郎万万岁，夫人等劫石不倾移。

阿耶驱来作证见，阿娘也交作保知。

优偿但知马壹匹，锦令某乙作个出入衣。

P.3645：

红鳞紫尾不须愁，放汝随波逐浪□（游）。

须好且寻江上月，莫贪香饵更吞钩。

狐猿被禁岁年深，放出城南百尺林。

渌水任君连臂饮，青山休作断肠吟。

远涉风沙路几千，沐恩传命玉阶前。

墙阴旧意初潮日，涧底松心近对天。

流沙古塞改多时，人物虽存改旧仪。

再遇明王恩化及，远将情愫赴丹墀。

敦煌昔日旧时人，丑虏隔绝不复亲。

明王感化四夷静，不动干戈万里新。

圣云缭绕拱丹霄，圣上临轩问百僚，

龙沙没落何年岁？贱疏犹言忆本天（朝）。

奉奏明王入紫微，便交西使诏书追，

初沾圣泽愁肠散，不对天颜誓不归。

龙沙西□（面）隔恩波，太保奉诏出京华，

英才堂堂六尺貌，口如江海决悬河。

现在敦煌变文中，各有一篇陈述张义潮和张淮深的作品，可惜原卷都残缺得很厉害。这篇《张义潮变文》首尾都已残缺，只剩当中小小一段，我们只好就此窥全豹之一斑了。

【故事】

（前缺）

吐谷浑①王召集各吐蕃部落的兵马，要来劫掠沙州，间谍得到情报，星夜回来报知仆射②说："吐谷浑王要召集蕃贼各部落，前来侵凌抄掠，现在吐蕃还没有完全结集。"仆射闻知，立刻把握时机，先发制人，集合战士，向西南方向的捷径进军。行军两三天，来到西同附近，就跟贼兵遭遇。贼兵由于还没有完成集结，唐兵忽然攻到，不敢抵抗，赶紧撤退奔跑。仆射号令三军，随后追逐，不让贼兵有

---

① 吐谷浑：鲜卑族，唐太宗时曾为李靖所破而降伏。

② 仆射：本篇称仆射都是指张义潮。

休息整顿的机会。追赶了一千多里，直到吐谷浑国内，正好追上，仆射命令整理队伍，排比兵戈，展开旗帜，擂动战鼓，分兵两道，摆开阵势。人持白刃，突骑争先，须臾阵合，昏雾涨天，汉军勇猛而乘势，蕃戎胆怯而败北。

> 忽闻犬戎起狼心，叛逆西同把险林。
> 星夜排兵奔疾道，此时用命总须擒。
> 雄雄上将谋如雨，蠢愚蕃戎计岂深？
> 自十载提戈驱丑房，三边犷犸不能侵；
> 何期今岁兴残害，辄尔依前起逆心。
> 今日总须摞贼首，斯须雾合已沉沉①。
> 将军号令儿郎曰："克励无辞百战劳。
> 丈夫名向枪头觅，当敌何须避宝刀！"
> 汉家持刃如霜雪，房骑天宽无处逃。
> 头中锋铤陪陇土，血溅戎尸透战袄（袍）。
> 一阵吐浑输欲尽，上将威临煞气高。

一阵决战，蕃军大败。吐谷浑王见机不好，突围而逃，登涉高山，据险而守。蕃军的三个宰相都被活捉，就依军令在阵前处决。另外俘获三百多口，夺得驼马牛羊两千多匹。然后唱着《大阵乐》②，凯旋到敦煌。

---

① 沉沉：久阴。

② 《大阵乐》：唐代乐曲没有《大阵乐》，可能是指《破阵乐》而言，那是太宗为秦王，破刘武周，军中作此乐，名《破阵乐》。玄宗时另有舞曲叫《小破阵乐》。因此，这里的《大阵乐》应当是指大破阵乐——即《破阵乐》而言。

敦煌变文：石窟里的老传说

敦煌北面一千里是伊州[①]，伊州城西有纳职县[②]。当时有许多回鹘及吐谷浑的部落杂居在那里，时常联合起来抄劫伊州，俘虏人物，侵夺牲口，伊州军民不得暂时的安宁。仆射就在大中十年（856年）六月六日，亲统甲兵，前往扫荡。

当汉兵忽然抵达纳职城，贼兵毫无准备，于是我军列乌云之阵，四面急攻。蕃贼惊惶，四面逃散；我军得势，追亡逐北。

> 敦煌上将汉诸侯，弃却西戎朝凤楼。
> 圣主委令权右地，但是匈奴尽总仇。
> 昨闻猃狁侵伊镇，俘劫边氓旦夕忧。
> 元戎叱咤扬眉怒，当即行兵出远收。
> 两军相见如龙斗，纳职城西赤血流。
> 我将军意气怀文武，威胁蕃浑胆已浮。
> 犬羊才见唐军胜，星散回兵所在抽。
> 远来今日须诛剪，押背擒罗岂肯休。
> 千人中矢沙场殪，铦锷刵剺[③]坠贼头。
> 闪铄军旗晶耀日，不忝田单纵火牛。
> 汉主神资通造化，殄却残凶总不留。

仆射与犬羊决战一阵，回鹘大败，各自仓皇抛弃了鞍马，逃到

---

① 伊州：现在新疆维吾尔自治区的哈密。
② 纳职县：在新疆维吾尔自治区哈密西南。《元和志》："纳职县，其城鄯善人所筑，夷谓鄯善为纳职，因此名县焉。"
③ 副剺：剀字，字书不见，原卷为剀字注音为"七雕反"，因此可能是剿字的俗体，剿，又作勦，是略取的意思。剺，是割的意思。

纳职城里，固守不出。于是中军举画角，鸣金收兵，收夺驼马一万
多匹。清点人数，我军匹骑不输。于是收兵回沙州。军回沙州，仍
然朝朝秣马，日日练兵，防备那些反复无常的游牧民族。

　　就在大中十年，仆射派遣游奕使佐承珍在旷野巡逻，忽然见到
一个人仓皇奔跑，就吩咐左右把他带到马前问话。那人说："我是朝
廷的使者，奉命北人回鹘充册立使，走到雪山南畔，被回鹘的叛乱
分子劫夺了国信，我们都各自逃命，不是恶人。"佐承珍就用马把他
驮到敦煌，引他参见仆射。陈元弘跪拜请安以后，仆射问陈元弘：
"使者在哪里遇到贼人？你们的正使是谁？"陈元弘报告说："元弘
的正使是御史中丞王端章，奉敕持节要去回鹘充册立使。走到雪山
南边，遇到回鹘的反叛分子一千多骑，当时就被劫夺了国书及其他
信物。我们出自京华，不懂野战，何况敌众我寡，就全凭他们宰割
了。"仆射一听大怒说："这些贼人怎敢这么猖狂，胆敢恣行凶害！"
于是向陈元弘说："使者请先到公馆住下，有我替你查明。"

　　背叛的回鹘行踪飘忽，一时掌握不住。到了大中十一年（857
年）八月五日，伊州刺史王和清派快马来告急说："有背叛的回鹘
五百多帐，已经到伊州附近，首领是翟都督。"（下缺）①

---

　　① 从这残卷约略可以看出张义潮镇守沙州，而完全采取主动，经常主动出击；
并且时时奇袭于千里之外。他的触角伸展得很远，还运用谍报人员，所以能在边远地
区，将正在酝酿中的祸害，一举摧毁。大约他有鉴于以往周鼎、阎朝坐以待毙的不
当，知道久守必失的道理。他这种洞烛敌情、制敌机先的策略，为后人所效法，所以
敦煌一带河山才能长久安宁。而且官员们改善经济，训练军队，普及教育，一切自给
自足。因此，唐亡而他们不亡，五代更迭对他们也没有影响，但他们并没有独立建
国，始终不忘自己的根本。张义潮实在是了不起的大英雄。

下编

总论

变文的价值

一、在文学发展史上的价值

在敦煌石室打开以前，研究通俗白话文学的学者，在追溯白话文学的起源时，往往上溯到宋代的话本，就遭遇到麻烦。因为再往上推，就只有唐人的传奇小说，而唐人的传奇小说却是文言写的。由文言的传奇小说如何转变为白话的话本，总得不到合理的解释。后来在敦煌发现了变文的写卷，才将失落的环节寻获。于是大家知道后世的各种通俗文学，或多或少，或直接或间接，都受到变文的影响。所以要研究宝卷、弹词、诸宫调、戏文、平话、话本、通俗小说等，如能对变文有所认识，总会有帮助的。

二、在文化交流史上的价值

一种伟大的文化，总是能接受外来的文化，所谓有容乃大。但是，接受外来的文化，并不是放弃了自己的文化，让人家牵着鼻子走；同时，在接受外来文化时必定有扞格不胜之处，不免引起摩擦冲突。

三代以来，我国受外来文化影响最大的两次：一次是一千多年前印度文明的东渐，一次是近百年来西方文明的输入。这两次外来的影响，都引起严重的激荡。最近的一次，发生了种种问题；前一次印度佛教的传入，则已经在我国生根、开花、结果。而佛教东渐一定要到禅宗的昌盛和变文的流行，才被一般民众所普遍接受。禅宗在各宗派中，无论其生活方式，或思想形式，都华化得最彻底，能够和中国人的生活与学术思想做密切的结合。至于变文的流行，则将其深入于民众，在民间扎根。这都是我们接受外来文化成功的经验。如果我们检讨那时，我们如何把握其精神，如何避免与国情不合的事物，如何克服种种的障碍，作为我们今天面对外来冲击的参考，应该是有益的。至少，从事文学工作者，可以考虑，当我们引入外国的作品时，除了翻译之外，是否还能做进一步的处理，以适应大众的需要。

三、在教学方法上的价值

唐、五代的俗讲，也可以说是一种教学。他们的教学方法，相当讲究。例如说白和吟唱的交互使用，就有很多的效果，因为说白便于知解，而吟唱则激动感情。从理智与感情两方面同时着手，其效果势必更为可观。又如俗讲时还配合上图画、焚着香，在香气氤氲里，在青烟缭绕中，透过带有神秘色彩的灯光，望着那逼真的壁画，其教学效果必甚可观。再如他们开讲时，有一套循序渐进的程式，很注意心理的适应。在每天宣演结束前，又将当天所讲唱的内容，归结成几句易于记诵的偈语，让信徒背着回家；翌日开讲，又将前一回所讲唱的扼要温习一下，再接上新的内容。这些也颇有值得参考的地方。

四、在语言史上的价值

到现在我国还没有一部完整的语言史的著作，当然，纵使发现了变文，也不足以完成这样的著作。但是，有了变文，使我们对于唐代的语言实况，能认识得多一些。倘使文学是语言的艺术，而我们能知道唐朝的语言实况，那么当我们研究韩愈如何写成他的文章，杜甫如何作出他的诗篇——也就是对他们如何将其口语艺术化这一问题，当有更深刻的了解。虽然变文的材料还不完备，但配合上禅宗的语录，加以充分利用，总会有不少益处的。

五、在俗文字学上的价值

变文写卷是一些俗讲僧或写经生写下来的，他们时常写下一些手头字，有简笔字、俗体字，这在研究通俗文字方面，是弥足珍贵的资料。

我们都知道，我国文字由甲骨文、钟鼎文、篆书、隶书而到楷书的通行。楷书自钟繇时开始流行，到唐代而有"字样书"的产生，也就是将楷书的形体加以统一，像颜元孙有《干禄字书》之作，而唐玄宗时，朝廷更颁定了《开元文字音义》，楷书的正体字遂告确定。但是，字形的小变化仍不断在各人的手头进行着。这是值得研究的问题，而变文写卷，正提供了许多资料。

六、在考察社会风俗事物上的价值

变文是通俗文学，具有社会性与时代性，颇能表现当时的社会生活，其中资料往往不见于史乘，加以收罗研究，可对当时的社会风俗事物有所了解。

研究变文的途径

在这个部分，主要是介绍有关的重要学者和容易得到的书籍。

在学者方面，约分为几类：

一、大陆的学者：如王重民先生、周绍良先生等对于变文的校辑，孙楷第先生对变文结构俗讲仪式的研究，向达先生对俗讲的研究，他们给予后人许多方便，但错误之处也不在少数。此外邵荣芬先生对写卷中别字和唐五代西北的方音的研究，蒋礼鸿先生对变文字义的考释，都有很好的成绩。

二、台湾地区的学者：

潘重规先生：特别专于敦煌卷子的俗写文字。

曾永义先生：对变文的结构有研究。

尉天骢先生：对唐代俗讲有研究。

谢海平先生：专攻讲史性的变文。

李殿魁先生：对敦煌卷子的解读有研究。

金荣华先生：为伦敦藏卷作提要。

邵红先生：专研讲经文。

杨西华先生：研究变文与大众需要的关系。

三、旅居在外的学者：如旅居法国的吴其昱先生、陈祚龙先生、陈庆浩先生、左景权先生、王家煜先生、侯锦郎先生等，对收藏于巴黎的法国国家图书馆的敦煌写卷都很熟悉，及集美博物馆收藏的敦煌画幡等资料，而有精到的研究。旅居香港的苏莹辉先生早年曾在敦煌实地做长时间的研究，数十年来，对敦煌学仍锲而不舍；又饶宗颐先生也时常到巴黎做深入的研究。旅美的张洪年先生在加州大学的博士论文即以变文的语言为题，剖析入微，论文是以英文写成的。

四、外国学者：如日本的小川环树先生、金冈照光先生都是研究中国小说的专家，有关变文的著作甚丰；入矢义高先生则研究变文的字义。美国的包威廉先生专攻《金刚经讲经文》，Richard E. Strassberg先生则兼顾讲经文及讲经变文。

其他研究文学史、声韵学、佛学、美术或边疆历史等，而涉及变文的学者还有很多，兹不一一举例。

要研究变文，有几种重要而容易获得的书籍，可以先读一读：

苏莹辉先生《敦煌学概要》：

此书于1964年由"中华丛书编辑委员会"出版。连图版在内，共二六一页，另有附录五种。全书分上下编，各章题目是：

上编：

第一章　敦煌的地理环境

第二章　莫高窟的开凿与藏经洞的发现

第三章　敦煌石室的内容

第四章　敦煌卷子在中国学术史上的贡献

第五章　敦煌文物在国内外流布的大致情形

下编：

第一章　瓜沙史事

第二章　千佛洞的壁画与雕塑

第三章　千佛洞的供养像与题记

第四章 下佛洞古建筑的遗存

第五章 敦煌的石刻

第六章 新发现的写本卷子

以下为图片六十二种及附录等。

其中提到变文的只不过占了八页，但要研究敦煌变文，对整个敦煌学先有概略的认识，毕竟是很有益处的。再者宗涛在几个月前遇到苏先生，苏先生说，在将近二十年里的研究，他又发现《敦煌学概要》一书，有许多需要补充的地方。他已将修订稿准备好了，正要出版。有新的资料、新的印刷，就让我们拭目以待吧。

《敦煌变文》：

这是台湾世界书局翻印王重民先生等校辑的《敦煌变文集》的一部书。王氏等所辑，只差将藏于原苏联列宁格勒苏联科学院亚洲人民研究所的各种变文收进去而已。其余如藏于北京、伦敦、巴黎以及日本等处的变文几乎全都收入，并为七十八种。他们将完整的、残缺的、写得好的、写得坏的各种写卷加以整理、编排、标点、校对，给予读者很大的方便。但是这部书也有缺点，读者不可不知：就是其中有许多编者认错字，或手民误植、误刻的地方；有编录者认不出或疏忽了写卷上面某些符号的地方；也有标点弄错、分段分错、漏字漏句的地方；还有原题残缺，编者拟题错误的地方；再有写卷割裂，分藏不同的地方，编者没能将其复原，而误认为是两篇不同的作品等。凡此，都会引起混淆，妨碍研究（宗涛与其他学者都曾对其中错误做若干修正）。

因此，如要从事严肃的研究，最好能接触原写卷、写卷的影印本或微卷。伦敦藏卷，在台湾"中央研究院"历史语言研究所傅斯年图书馆有全套影印本，台湾政治大学中正纪念馆、中兴大学、文化学院等也有全套微卷。巴黎藏卷，也大部分整理完毕，行将制成微卷，目前可请求旅法学人代为复印所需卷子。北京藏卷，已有部分出版。日本的藏卷，也可以请人复印。现在复印技术方便，在收集资料方面，不会有太大的困难。当然，最好还是能有机会接触原卷，那会有意想不到的收获。

然而，无论读原写卷或微卷、影印本，都必须具备若干条件，诸如对当时人的书写习惯、俗体字、通假字、讹文别字、避讳，以及种种符号如——颠倒号、省略号、删除号等，都应有所认识，才不致引起误会，导致错误。而要了解这些问题，其方法不外三种：（一）自己多读多比较，久了就能知道，早期学者只能如此；（二）阅读早期学者有关的著作；（三）向先进学者请教。

罗宗涛《敦煌讲经变文研究》：

1972年，由文史哲出版社出版。全书约六十万言，除绪论之外，分为六章：

第一章　题材考

第二章　用韵考

第三章　语体考

第四章　仪式考

第五章　时代考

第六章　余论

在各章之中这里特别对《题材考》做一说明：变文与佛经的关系，在本书的引言部分已有说明，但以往的学者对变文如何改变佛经这一层很少讨论，多半直接去讨论变文的形式或内容。然而，哪一些是变文因袭佛经的地方，哪一些又是变文所变，学者很少检讨、厘清。本来，这是一项很麻烦的工作。因为，同一内容的佛经在印度往往就有不同的本子，是不同时代、不同地方，甚至用不同的文字的记录，往往也受到不同的社会风俗与学术思想的影响。当其传经西域，又再蒙受一层影响，传到中国，又有不同时、地、人的译本。因此，我们不是找出某一种佛经与某一篇变文，在内容上有点关联，就算解决了题材的问题，而是必须将所有有关的佛经都找出来，才能一一比勘某一篇或某一段所根据的佛经是哪一种。

因此，在做这工作之前，一定要先熟谙各篇讲经变文的内容；再从浩瀚的佛典中一一披检，寻找与变文有关的文字并记录下来，才能做进一步的比较工作。由于变文写卷很多是残卷割裂，不留标题的卷子就更加麻烦了。所以这是一桩费时而枯燥的工作。可是，不将变文的"娘家"弄清楚，我们很难了解变文这"新娘"究竟在变些什么花样，为什么会变出这些花样？总得有人去做这种笨工作，而让别人省点事。

读者如果没有看过《敦煌讲经变文研究》这部书，在《中国典小说研究专集》第二号，宗涛有一篇《〈贤愚经〉与〈祇园因由记〉〈降魔变文〉之比较研究》一文，即为一例。

附带一提的是《敦煌讲经变文研究》书中《时代考》的部分，《佛说阿弥陀经讲经文之三》及《庐山远公话》两篇的成立时代，考证有误，宗涛已在《敦煌变文成立时代新探》一文（《人文学报》第二期），加以订正。

谢海平先生《讲史性之变文研究》：

1973年出版，其目录为：

第一章　绪论

第二章　《舜子变文传说》来源

第三章　《伍子胥变文》题材考

第四章　《孟姜变文》情节衍进考

第五章　《捉季布传文》成立时代推测

第六章　《汉将王陵变》事证

第七章　《李陵变文》之时代背景

第八章　《王昭君变文传说》来源及成立时代

第九章　《董永变文传说》来源及成立时代

第十章　《张义潮、张淮深变文》本事及时代考索

拙著《敦煌讲经变文研究》一书，加上谢君的这本著作，已包括了《敦煌变文集》中的主要部分。唯谢君对《舜子变》《董永变文》《伍子胥变文》两篇成立时代的考证，小有疏失。宗涛已在《敦煌变文成立时代新探》一文中，略加"补正"。

蒋礼鸿先生《敦煌变文字义通释》:

书分:

第一篇　释称谓

第二篇　释容体

第三篇　释名物

第四篇　释事为

第五篇　释怙貌

第六篇　释虚字

敦煌变文中用了很多当时的俗语，几乎在一般字典、词典中都查不到。而此书却解释了两百多条，其所诠释征引详赡，取舍精审，

是目前查考变文词义最有价值的参考书。但一人的力量毕竟有限，所以书中还留下"变文字义待质录"七十二条，而且他所解释了的，也不免偶有疏失。宗涛的《敦煌讲经变文研究》第二章《语体考》曾稍做补正，可供参考。

关于敦煌变文的研究，方兴未艾，还有待有兴趣的朋友来共同发现问题、解决问题。这本小书只是小小的引子而已。其中疏失，在所难免，敬请各位读者多多指正、多多批评。谢谢！

附录

敦煌变文成立时代新探

引言

敦煌是我国西陲的重镇，也是我国通西域的门户，佛法东来，多半要经过这里。六朝时期，我国佛教隆盛，敦煌更是高僧行脚常经之地。符秦建元二年（366年），有位乐僔和尚，行经鸣沙山下，见夕照下的三危山石壁反射着万道金光，仿佛是千佛发着毫光。于是乐僔和尚发心在石壁上开辟石窟，使其成为佛教圣地，这就是莫高窟的起源。[①]其后，佛教徒相继恢宏，到武则天时，石窟多达千龛。

今天残存的莫高窟是在鸣沙山和三危山之间的石壁上，分三层，绵亘一千六百一十八米，有洞五百余，壁画面积约二万五千余平方米，佛像有两千多尊。因此，俗称莫高窟为千佛洞。

在这许多石窟中，有一个石窟竟又有复壁暗室[②]，里面藏有大约三万个卷子。据多数学者的意见，复室的封闭，大概是在北宋初年，西夏进犯敦煌一带，守洞的和尚将许多文献收藏进石室中，外加伪装，然后逃逸。封闭的时间可能是宋仁宗景祐二年（西夏广运二年，

[①] 莫高窟创建于符秦建元二年（366年）的说法，是根据圣历元年（698年）武周李怀让重修佛龛碑的记载。如果依巴黎藏敦煌本《沙州城土镜》卷首，则石窟创建于永和八年，比建元二年早十几年。

[②] 这个石窟是张大千氏编号的一五一号，伯希和氏的一六三号。

1035年）。这些文献就在石室中隐藏了九百多个年头，直到清光绪二十五年（1899年），才被王圆箓道士在无意中发现。[①]于是，石室藏卷陆续问世，先是零星外流，后来是大批地出笼。终于散逸到英、法、俄、日、德、美各国。起初，这些卷子只是被人当作古董来收藏，后来，经各国学者做有系统的整理和深入的探讨，才发现这些卷子是研究中亚历史、地理、种族、社会、经济、宗教、美术、语言、文学的重要资料。于是，在几十年里，"敦煌学"遂蔚为汉学中的显学。

在这许多卷子中，有一类被称为"变文"的通俗文学作品，最受到文学史研究者的重视。因为，要了解我国白话小说的起源，原先只能上溯到宋元的话本为止。再往上追究，就是唐人的传奇小说了；可是唐人小说完全是用文言文写成的。因此，从文言的传奇，到底如何演为语体的话本，从来就得不到圆满的解释。直到发现了敦煌变文，人们才了解宋元话本等通俗文体的起源。

所谓变文，本来和佛教的宣传有关。当佛教输入中土，最先要做的工作是经典的翻译，在翻译工作有了相当的成绩以后，就有一批佛教徒从事精深的研究，而另有一批和尚则倾向佛法的普及。由于印度的语言、思维法则和生活习惯，都与中华有别，因此，除了受过佛学训练的人，一般凡庶无法从直译的佛经来接受其中的道理。于是，有些和尚采取变通的办法，尽量使用通俗的语言，而且将佛经的内容华化，来向大众宣传。又由于一般民众缺乏推理的能力，所以他们不讲佛典中的奥义，只选些大众感兴趣的故事来宣演，甚至于用通俗的音乐来吟唱。这种适应民情风俗的宣演，当时被称为

---

① 以上一段，都是根据苏莹辉先生的考证。

俗讲，而俗讲僧留下来的话本，有些就被称为"变文"。《大乘法苑义林章》云"转换旧形名变"，变文之所以称为"变"，最主要的理由，大约就是因为它改变了原有的形式。这种演教的方式，得到大众的喜好，也让俗讲僧得到很多利益。于是有些人更采用这种自由的方式来讲我国的历史故事，也获得相当的成功。至此，变文已经从宗教的工具转变为民间文学的体裁了，而且还在我国的文学发展史上占着重要的地位。

变文既然在文学史上处于关键的地位，因此，其各篇成立的时代必须加以确定。在这方面，我和谢海平君都曾经做了点工作，拙著《敦煌讲经变文研究》①将王氏《敦煌变文集》中演绎佛经故事的每一篇的时代都已加以考证，但其间还有需要重新修正和补充的地方。谢著《讲史性之变文研究》②则就敷衍历史故事的变文里，选择了九篇，考证了各篇成立的时代，谢君研究的结果，也还有可以商量的余地。

到目前为止，谢著和拙著是就现存各篇变文成立时代讨论得最多的专著。因此，当我发现我们所提出的结论还有问题的时候，就迫不及待地想重新做一番检讨，兹篇做的就是这份工作。

《佛说阿弥陀经讲经文之三》成立的时代

以前我在写《敦煌讲经变文研究》时，由于这一篇的篇幅狭小，又没能看出足资证明其时代的资料，只好将其附属于《佛说阿弥陀

---

① 1972年，台湾文史哲出版社出版。
② 1973年，台湾嘉新水泥公司文化基金会出版。

经讲经文之四》来讨论，而认为其成立的时代，可能是在唐高宗朝，薛仁贵征吐蕃新败以后。近日读《全唐诗》，有了新发现才知道以前的推测完全错了。因为这一篇里录了一首诗《白野鹤郦州进》，其全文如下：

> 轻毛坫（沾）雪翅开霜，红觜能深练尾长。
>
> 名应玉符朝北阙，体柔天性瑞西方。
>
> 不忧云路阆河远，为对天颜送喜忙。
>
> 从比（此）定知栖息处，月宫琼树是家乡。

而《全唐诗》卷五百六十薛能《郦州进白野鹊》诗则云：

> 轻毛叠雪翅开霜，红觜能深练尾长。
>
> 名应玉符朝北阙，色柔金性瑞西方。
>
> 不忧云路填（阗）河远，为对天颜送喜忙。
>
> 从此定知栖息处，月宫琼树是仙乡。

两相比较，则《佛说阿弥陀经讲经文之三》的诗句，除了三个字不同之外，全都袭自薛能的《郦州进白野鹊》诗。据《全唐诗》卷五百五十八，薛能在唐武宗会昌六年（846年）登进士第，卒于唐僖宗广明元年（880年）。其卒年下距唐亡约二十年。因此，倘《全唐诗》所录无误，则《佛说阿弥陀经讲经文之三》应当是晚唐以后的作品。

《庐山远公话》的成立时代

这一篇记载有关庐山慧远的一些传说。我在撰写《敦煌讲经变文研究》时，以其并非演绎佛经故事，故阙而不论。现在加以补充。要考证兹篇的时代，可从三方面着手：

（1）兹篇有云：

"世人枉受邪言，未病在床，便冤神鬼，烧钱解禁，枉杀众生。"

按，丧祭烧纸钱，应当起自唐代。《新唐书·王玙传》云："汉以来丧葬皆有瘗钱，后世里俗稍以纸寓钱为鬼事，至是，玙乃用之。"《旧唐书》则云："玙专以祀事希幸，每行祠祷，或焚纸钱。"王玙以祠祭干禄，是在唐玄宗晚年，焚烧纸钱的习俗自此才逐渐普及。而其事之盛行，则应当是到了五代的时候，欧阳修《新五代史·晋家人传论》云："五代，干戈贼乱之世也，礼乐崩坏，三纲五常之道绝，而先王之制度文章扫地而尽于是矣，如寒食野祭而焚纸钱，天子而为闾阎鄙俚之事多矣。"可为明证。就这一证据，兹篇成立于五代的可能性很大，最早则不得早于唐代。

（2）兹篇有两首偈语，可考见其时代：

其一云：

身生智未生，智（生）身已老；
身恨智生迟，智恨身生早。
身智不相逢，冒经几度老；
身智若相逢，即得成佛道。

其二云：

儒童说五典，释教立三宗。

视礼行忠孝，挞遣出九农。

长扬并五策，字与藏经同，

不解生珍敬，秽用在厕中。

悟灭恒沙罪，多生忏不容，

陷身五百劫，常作厕中虫。

这两首偈语，又具见于敦煌写卷S.2165，原标题为"又真觉和尚云"。按，真觉和尚就是灵照禅师，《景德传灯录》卷第十八吉州清原山行思禅师第六世福州雪峰义存禅师法嗣"杭州龙华寺灵照禅师"条云：

"杭州龙华寺'真觉'大师——灵照，高丽人也。萍游闽越……晋天福十二年丁未闰七月二十六日终本寺。寿七十八。"

天福十二年已经是后汉刘知远即位的元年，刘氏初即位，取消了晋出帝开运的年号，而恢复晋高祖"天福"的年号，所以，天福十二年，是947年，真觉和尚七十八岁，那么他应该生于唐懿宗咸通元年（860年）。因此，他是晚唐五代时的人。读他的偈语，似为他晚年的作品；《庐山远公话》既然引用了，则其亦当属五代的作品。

（3）《庐山远公话》里屡次提到要听道安和尚讲经，每人每次要纳"一百贯文"。如：

"当时有敕：要听道安讲者，每人纳钱一百贯文，方得听讲一日。如此隔敕，遂日不破三五千人来听道安于东都开讲。"

"相公每日下朝，常在福光寺内厅（听）道安讲座，纳钱一百贯文。"

"相公先遣钱二百贯文，然后将善庆来入寺内。"

通常一贯是一千文，但是也有不足千文的贯。如：

《旧唐书·食货志》云："长庆元年九月敕：从今以后，宜每贯一例除垫八十，以九百二十文成贯，不得更有加除。"《新唐书·食货志》云："昭宗末，京师用钱八百五十为贯。"

纵然后世每贯有少到八百五十文的，但一百贯文，至少也要八万五千文，要是足贯则达到十万文。用偌大的钱数去听一次讲经，真是骇人听闻。何况《庐山远公话》还说当时物价很贱，钱很值钱；而每天在东都一地，就有三五千人花费十万文来听讲，实在是逾越常理的事。因为，据《唐会要》的记载：玄宗开元二十四年（736年）官吏的俸禄是，一品官月俸的总数是三万一千文——包括正俸八千文、食料一千八百文、防阁二万文、杂用一千二百文，而九品官的月俸总数是一千九百一十七文——包括月俸一千五十文、食料二百二十文、庶仆四百一十七文、杂用二百文。代宗大历十二年（777年）的俸禄是太师、太傅、太保、太尉、司徒、司空、侍中、中令每月各一百二十贯文。京兆府县令是四十五贯文或五十贯文。穆宗时，剑南道普、合、渝三州刺史加薪，料钱从四十五贯文调整到六十贯文。从上面的资料可以约略看出唐代俸禄的大概。难怪元稹的《三遣悲怀诗》说："今日俸钱过十万"，觉得已经是高薪了。倘以全月所得，去听一回讲经，真是不可能的事。

要弄清楚一百贯文到底是多少，从五代的史料倒是可以理解的，《五代会要》卷二十八载后唐同光三年（925年）二月十五日租庸院奏云："……畿县令每月正授支料钱二十千贯……主簿每月支料钱一十十贯……三千户已上县令每月正授支一十六千贯……主簿每月正授支九千贯……五百户已上县令每月正授支一十一千贯……主簿每月正授支六千五百贯……"

而《五代会要》载后汉乾祐三年（950年）七月十六日奏文则

云："……三千户已上县令逐月一十二千，主簿六千……"

两相对照，可以看出若干"千贯"就是若干"千文"，若干"百贯"就等于若干"百文"，如六千五百贯的意思是六贯千文的贯加上五百文的贯。而《庐山远公话》所谓一百贯文，就是一百文的一贯钱，相当于一个小县主簿半日所得。一个公务员，喜欢听道，花费半日所得，这很近情理。而道安和尚每夜开讲有三五千个听众，可获利三五十万钱，如果折中以四十万计算，其一夕所得，可抵畿县县令全月俸禄的两百倍，已经是很可观了。

将"千贯""百贯"合为一词，当千文的贯、百文的贯来用，实在不甚顺当，所以遍稽史料，这种用法只在后唐同光年间出现过，因此，《庐山远公话》成立的时代不会距此太远，将其系于五代，当不致有误。

《秋吟》成立的时代

《秋吟》一篇并没有演绎佛经故事，跟《敦煌讲经变文研究》的体例不合，以前也不曾研究过，现在略作补充，从内容和形式两方面来推测其成立的时代。

就形式的特征来看，这一篇的诗歌，每一首的上面都标注了"吟""断"等跟音乐有关的字眼。考变文集里各篇，注明了这类字眼的，还有《欢喜国王缘》《难陀出家缘起》《维摩诘经讲经文》之一、之二、之四、之五、之六等篇。以上各篇成立的时代，都不出晚唐五代[1]。因此，《秋吟》的时代应当约略和以上各篇相近。

---

① 见拙著《敦煌讲经变文研究》。

再看这一篇的内容，是一群和尚，流浪异乡，秋风渐凉，就到富贵人家门前去乞求人家的旧衣裳，作为自己的冬装。他们的愿望很小，只要人家换季不穿的夏装给他们御寒就可以了；而且是男装女装都无所谓，打球的球衣、宴会的礼服，一律都要，连式样不一、酒渍汗湿也不计较。他们又不是替旁人化募，明明说的是自己要穿。本来，僧侣的衣着是有严格规定的，怎么随便乱穿呢？

还有，这篇文章很见功夫，在变文里是极富文采的一篇，足见作者非泛泛之辈。那么一群僧侣，还有个有才学的和尚领头，向人乞求一些僧侣不该穿着的俗人衣服，不但情词哀怨，还说什么"未蒙施惠懒归家"这种不顾体面的话来呢？

前面提到《庐山远公话》里的道安，一夕讲道，收入就在三五十万钱之谱；其余的俗讲僧一夕或半日所得，或蒙天子赐高座，或得锦衣马匹，最普通的收入也有几百尺或上千尺的布①。而这批僧侣却一寒至此，必定遇到很大的打击，而这种打击并非遍及社会各阶层（因为其他的人家还在打球饮宴），只是专对僧侣而来的。

在敦煌写卷中还有S.5572号半截残卷，其件质和《秋吟》很相近，也是和尚向人要衣服，也是非要到手不肯罢休而说些"若再三、轩切说，未沐恩光难告别！回身点检箧箱中，施交御被三冬雪"的话，这一写卷的末尾有一段附记："显德三年三月六日乙卯岁次八月方书。"

其大意大约是作者在显德三年（956年）三月六日就起草了这篇要衣服的通俗诗歌，到当年的八月才誊清定稿的。据历史的记

---

① 俗讲得高座见胡三省注《资治通鉴》及《杜阳杂编》；得锦衣马匹见《长兴四年中兴殿应圣节讲经文》；得布见敦煌写卷《北平成字》第九十六号背面。

载，周世宗显德年间，的确发生了震动佛教界的大事，那就是世宗于显德二年（955年）五月六日大毁佛寺。据《旧五代史》注："是岁，诸道供到帐籍：所存寺院凡二千六百九十四所，废寺院凡三万三百三十六。"

所存寺院不及所废的一成，那几万所被废的寺院里原先所住的僧尼，总得有几十万人，仓促之间不可能全有妥善的出路；有一些流离失所，辛苦于道路，总是免不了的。在这种背景之下，才会产生《秋吟》一类的作品，否则纵是行脚，也可以在别的寺挂单，不致长期流离于途中的。因此，《秋吟》成立的时代，不会离周世宗显德二年太久。

《舜子变》成立的时代

谢著以为《舜子变》成立的时代，约在北魏太武帝以后，隋代以前这一段时间。其所据的理由是《舜子变》中多次出现"辽阳"的地名，而山西的辽阳，在北魏时叫"辽阳"，到隋开皇十年（590年），就已改名"辽山"。因此谢君以为这一篇必定隋代改"辽阳"与"辽山"以前的作品。但是，叫做辽阳的地方，不止一处。

《读史方舆纪要·州城形势》辽："史略：契丹以临潢为皇都，亦曰上京；……辽阳曰南京，亦曰东京。后唐天成三年，德光称辽阳城为南京。……石晋天福初，改曰东京，府曰辽阳。"

这里的辽阳就是现在辽宁辽阳，则五代时自有地名叫辽阳的。按，《辽史·地理志·东京道》："东京辽阳府……王以主之。神册四年葺辽阳故城，以渤海汉户建东平郡为防御州。天显三年，迁东丹国民居之，升为南京……天显十三年，改南京为东京，府曰辽阳，户四万六百四，辖州府军城八十七，统县九。"

这段记载和《读史方舆纪要》完全吻合，但更为完备。神册是契丹太祖耶律阿保机的年号，神册四年，是后梁末帝贞明五年（919年）。天显是辽太宗耶律德光的年号，天显三年，就是后唐明宗天成三年（928年）。天显十三年辽改元会同，即后晋高祖天福三年（938年）。在这大约二十年里，辽的势力发展得很快，不断向西和西南进侵，所以在神册四年修葺"辽阳"故城，还是采取防御的态势；不到十年就大量移民，升为南京，有向南窥伺的野心，再过十年，燕云十六州已经纳入版图，原来的南京，竟变成了东京。这一段史实和《舜子变》的时代正好息息相关。因为《舜子变》里提到他们一家当时住在冀州，而且瞽叟是为了"辽阳城兵马下，今年大好经纪"才出门去的。从冀州到辽阳，这个辽阳正该是现在辽宁省的辽阳，而当时兵马充斥，也正是契丹人正在经营扩充的时候。而且《舜子变》的卷末记载了抄写的年代是：天福十五年岁当己酉[1]。

看来，《舜子变》成立的时代和抄写的时间是相去不久的。

其次，《舜子变》里叙述后母陷害舜子，有"买（卖）却田地庄园"的话，这句话很重要，因为北魏自孝文帝行授田还田的"均田制度"，经北周北齐，以至于隋，都一贯下来；即便是唐初，也还是继承了均田制度。直到开元以后，土地才多有兼并，再经安史之乱，均田制度才完全解体，于是"庄园制度"大盛[2]。所以，《舜子变》既成立于庄园制度成立之后，就不可能是唐以前的作品。而唐以后的

---

① 天福是后晋高祖的年号，后汉刘知远即位，仍称天福十二年，戊申改元乾祐，己酉是后汉乾祐二年，如果要仍天福之旧，则当为天福十四年。看来，抄写的人对当时中原的变革很隔阂。
② 关于上述有关土地制度的观念，得自王文甲先生《中国土地制度史》（1965年台湾正中书局初版）。

辽阳，则只有辽东的辽阳一处；而且辽阳之著名，也必须在耶律阿保机时代修葺旧城以后。综上所述，这一篇成立的时代，可能性最大的还是在耶律德光大量移民到辽阳，并升为南京以后的若干年内——也就是在后晋天福年间。

《董永变文》成立的时代

谢君以为《董永变文》是天宝以前，甚至于是贞观间的作品。其理由是：董永卖身的价钱是"长者还钱八十贯，董永只要百千强"。虽然变文没有说明究竟以什么数目成交，但总不出八万文到十万文之间。倘以十万计算，变文中说董永的妻子织锦千匹，因此得以赎身。谢君换算一下，每匹锦约值一百文。

于是，谢君再将锦价跟唐代的物质相比较，据《新唐书·食货志》云："贞观初，绢一匹易米一斗；四年，米斗四五钱。"又云："天宝初，绢一匹钱二百。"又云："（天宝三载十月十二日）大生绢匹估四百六十五文。"因此，谢君认为《董永变文》的锦价每匹一百文，比贞观年间的四五钱贵，又还没贵到天宝初的每匹二百文。终于得到《董永变文》成立于唐玄宗天宝之前、在太宗贞观之后的结论。

我觉得谢君在谈《董永变文》的文字时，小有疏忽，兹将有关文字具录于次：

（长者问：）"所卖一身商量了；是何女人立门旁？"

董永对言衣（依）实说："女人住在阴山乡。"

（长者问：）"女人身上解何艺？"

（董永或女人答：）"明机妙解织文章。"

（长者）便与将丝分付了；（董永夫妇）都来只要两间房。

阿郎把数都计算，计算钱物千匹强。

经丝一切总尉了，明机妙解织文章。

从前且织一束锦，梭齐（声）动地乐花香。

日日都来总不织，夜夜调机告吉祥。

锦上金仪对对有，两两鸳鸯对凤凰。

织得锦衣便截下，搋将来，便入箱。

    细读这段文字可以发现女人所织的是锦，上面有凤凰和鸳鸯，并非生绢。锦价是否同于绢价，并无明证。再者，变文明白写出原料——丝是由主人提供的；至于织机是谁的，虽未明言，揆诸常理，也该是主人家的。因此，每匹一百钱只相当于工资，并非售价。所以谢君的推论有其误差而不能成立。既然我们能确定的只是董永卖身得了十万文，而织锦的售价则不可知，不如就卖者身价来着手。据《新唐书·食货志》所载，武后到开元间，中男徭役任防阁或庶仆"皆满岁而代"，"后皆纳课——仗身钱六百四十，防阁、庶仆、白直，钱二千五百，执衣，钱一千……富户幸免徭役，贫者破产甚众"。庶仆一年工价值二千五百文，那么，十万文就抵四十年的工资。董永以四十年的工资来办丧事，似乎不合常理；再说，要买奴仆，就预付四十年的工资，也是自古没有的高价。《清平山堂话木·董永遇仙传》云："董永道：……今年又丧父，停枢在家，无钱殡葬，今日特告长者，情愿卖身与长者，欲要千贯钱（十万文）回家葬父，便来长者家佣工三年，望长者慈悲方便。"为营葬而佣工三年，倒是合乎我国民间习俗，只是现在残存的《董永变文》只有唱词，语焉不详，不知是卖断一生，还是佣工三年。但是《清平山堂话本》的这一篇，其承自变文之迹甚明，如金瓶天火一节，历代传说就只是变文有之，而话本则完全承袭了下来。它们是同一系统的传说，所以变文里董永佣工三年的可能性很大。然而，这只能略供参考而已。再看，《新唐书·食货志》，高宗永徽年间的薪俸，九品官是月俸一千五十、食料二百五十、杂用二百，共一千五百文。十万文，约抵一个九品官六十六个月的全部薪俸。而九品官六十六个月的全薪，则只够一个赤贫人家办一次丧事，这也于理不合。所以，董永卖身十万，不可能是贞观天宝间的事。

《太平广记》卷三百六十六曹朗条引《乾𬬱子》云："进士曹朗，文宗时任松江华亭令，秩将满，于吴郡置一宅，又买小青衣，名曰花红云，其价八万，貌甚美，其家皆怜之。"

又卷三百七十二张不疑条引《博异记》云："南阳张不疑，（文宗）开成四年，宏词登科……不疑曰：某以乏于仆使，今唯有钱六万，愿贡其价，却望高明度六万之直者一人以示之。朱衣人曰……春条可以偿耳……即日操契付金。春条善书录，音旨清婉，所有指使，无不惬适。又好学，月余日，潜为小诗……"

同卷又录其他的传说，则张不疑所买为最高价的美女名叫金缸的，酬价是十五万。可见在唐文宗时美婢的价格大约是六万到十五万之间，那么，奴价比婢价又如何呢？据尚秉和《历代社会风俗参物考》卷三十四云："梁任昉弹劾刘整云：'以钱七千赎当伯、取婢绿草货得七千。是奴价以六朝时为最贱，且男女价相若，唐以后即少见，盖奴渐少矣，然婢仍多，且婢价较奴价日贵矣。'"大约有姿色甚至有才艺的侍女，总要比只会做粗活的男仆贵许多。倘以男仆与美婢同价，而董永也是卖断的来说，则董永的身价和这个时代相当。因为据《唐书·食货志》高宗永徽时一品大员一月全俸是一万二千文，到武宗会昌却调整到二百万，五品官则由三千六百文调整到四万。其间币值相差悬殊。因此，此时奴婢的价格，必定不同于昔时。举例来说：像前举曹朗买花红，大约是花了他两个月的薪水；要是以唐高宗时的薪俸来算，那就大约要花他两年的收入了。因此，以董永的身价来说，这篇变文不可能早于中唐。

其次，还有两个证据：其一是变文叙述董永卖身后遇到仙女，仙女问他："世上庄田何不卖，擎身却入贱人行？"

庄田的买卖成为普遍的事情，也该是中唐以后的事情。本篇在"舜子变"一节已经论及。

其二是变文叙述董永的儿子得算命先生的指点，找到了母亲，母亲给他一个金瓶，要他送给算命先生。结果瓶中放出天火，烧着算命先生的天书，其中几句是：

天火忽然前头现，先生失却走忙忙。

将为当机总烧却，检寻却得六十张。

因此不知天上事，总为董仲觅阿娘。

其中"检寻却得六十张"一句牵涉到图书形制的问题。我国图书在用竹简木板时，有所谓册。后来用绢帛时，就用卷，卷装流行了许久，才又有一张一张纸装订起来的册。一张一张的册，大约起于中唐，而大量流行还是五代的事。因此，《董永变文》成立的时代，不但在中唐以后，甚至于成立于五代的可能性也不小。

《伍子胥变文》成立的时代

　　谢君以为是玄宗开元以前的作品。其理由是，《伍子胥变文》提到："子胥寻父兄骸不得，立树乃作父兄。于今见在亳州境内东南一百廿里有余，后世莫知，今城父县是也。"

　　而《新唐书·地观志·河南道》亳州云："亳州，谯郡望，本谯州，贞观八年更名……县七……城父上。王世充置成州，世充平，废。武德三年，于鲁丘堡置文州，并置药城县，四年，州废为文城县；七年，省入城父。天祐二年，更名焦夷。"

　　《旧唐书·地理志·河南道》云："亳州望，隋谯郡。武德四年，平王世充，改为亳州……天宝元年，改为谯郡，乾元元年，复为亳州也。"

　　《伍子胥变文》既然提到亳州是当时的地名，则此篇之作可能在高祖武德七年至玄宗天宝元年之间；也可能在肃宗乾元元年至昭宣帝天宝二年之间。在这二种可能性之中，谢君选择了前者，我却选择了后者，而且还认为是接近唐室灭亡之前不久的作品。我所持的理由是，《伍子胥变文》云："子胥随帝部卒入城，检纳干戈，酬功给效。中存先锋猛将，赏绯、各赐金鱼；执森旌兵，皆占班位；肖余战卒，各悉酬柱国之勋。"最后一句"自余战卒，各悉酬柱国之勋"是说每个参加战役的人员，最低的奖赏是酬以"柱国"之勋。这是一种很奇特的现象。因为在唐朝"柱国"是仅次于"上柱国"的隆勋。《新唐书·食货志》记载官俸供给命官的随侍护卫人员——仗身、防阁、亲事、帐内之类，是"柱国领二品以上职事七十三人，领三品职事五十五人"。其随从之盛仅次于三师、三公、开府仪同三司、嗣王、郡王及上柱国，比二品大员的白直四十人、三品的三十二人要体面得多。试想每个小兵都受这种隆勋究竟成何体统

（变文谓伍子胥率兵九十万）？这是授勋极滥的现象，在历史上只有在唐之将亡到五代时有之。

《唐会要》卷八十一云："（昭宣帝）天祐二年六月十六日敕：司勋所掌勋及十一月二转：上柱国、柱国、上护军、护军、上轻车都尉、轻车都尉、上骑都尉、骑都尉、骁骑尉、飞骑尉、云骑尉、武骑尉等勋。有迁陟以显勤劳。近年已来，止述柱国，耻转轻车。殊不知上柱国已比二品、上轻车已比四品，官既叙烈，勋亦近隆。今后宜复故事施行，庶止侥幸之路。"

这种极不正常的现象还延续到五代，《旧五代史·职官志》云：后唐天成三年五月诏曰："开府仪同三司，阶之极；太师，官之极；封王，爵之极；上柱国，勋之极。近代已来，文臣官阶稍高，便授柱同，岁月未深，便转上柱国；武资不计何人，初官便授受上柱国。官爵非无次第，阶勋备有等差。宜自此时重修旧制。今后凡是加勋，先自武骑尉，经十二转，方授上柱国。永作成规，不令逾越！"虽有是命，竟不革前例。

可见《伍子胥变文》的"自余战卒，各悉酬柱国之勋"正是唐末"止述柱国、耻转轻车"的现象，可是还不到初授就是上柱国的程度。所以这篇变文是唐末的作品。

结语

综合拙著《敦煌讲经变文研究》，谢君《讲史性之变文研究》以及这一篇补正，可以得到以下的结论：现存的变文（原苏联科学院亚洲民族研究所所藏暂不列入），没有唐以前的作品，都是唐、五代的作品，而且是时代愈后，所存愈多。